DIESES BUCH GEHÖRT:

Die drei ???

Die drei ???

Die Spur der Toten

erzählt von André Minninger

KOSMOS

Umschlagillustration von Silvia Christoph, Berlin
Umschlaggestaltung von der Peter Schmidt Group, Hamburg,
auf der Grundlage der Gestaltung von Aiga Rasch (9. Juli 1941–24. Dezember 2009)

MIX
Papier | Fördert
gute Waldnutzung
FSC® C083411
FSC
www.fsc.org

Gedruckt auf Cradle to Cradle Certified™ Munken Papier

ISBN 978-3-440-17590-3
Redaktion und Lektorat: Anne Pagel
Produktion und Satz: DOPPELPUNKT, Stuttgart
Druck und Bindung: CPI books GmbH, Leck
Printed in Germany / Imprimé en Allemagne

Die drei ???

Die Spur der Toten

Qualvolle Umstände

Bob schaute fragend auf den Absender des Briefumschlags, den seine Mutter ihm gerade ausgehändigt hatte. Mrs Andrews war neben ihm stehen geblieben und machte keine Anstalten, das Zimmer ihres Sohnes wieder zu verlassen. Zumindest nicht, bis ihre Neugier gestillt war.

»*Kanzlei J. R. Bumblebee – Anwalt und Notar.*« Mrs Andrews blickte Bob fragend an. »Normalerweise akzeptiere ich ja das Briefgeheimnis, aber in diesem Fall würde ich doch zu gerne wissen, was dir dieser Anwalt mit dem ausgefallenen Namen mitzuteilen hat.«

Bob riss den Umschlag auf, zog das Schreiben heraus und faltete es auseinander. Rasch überflog er die Zeilen, während sich auf seiner Stirn tiefe Furchen bildeten.

»Und?« Ungeduldig trat Mrs Andrews von einem Bein aufs andere. »Um was geht es?«

»Hier, lies selbst!« Bob reichte seiner Mutter das Schriftstück und strich sich verwundert eine Haarsträhne aus dem Gesicht.

Sie überflog das Schreiben mit zunehmendem Erstaunen. »Was hat das denn zu bedeuten?«

Bob zuckte mit den Schultern. »Ich kann mir auch keinen Reim darauf machen. Aber allem Anschein nach erhalten wir wohl erst eine Antwort, wenn wir Mr Jacob Richard Bumblebee, wie von ihm gewünscht, in seiner Kanzlei aufsuchen.«

»Das gefällt mir gar nicht«, entgegnete Mrs Andrews mit skeptischem Unterton. »Vor allem, dass du mit einem Erziehungsberechtigten in der Kanzlei zu erscheinen hast.«

»Das sollte dich doch eher *beruhigen*, Mum. So wirst du aus erster Hand erfahren, weshalb man mich dorthin zitiert.« Bob nahm ihr das Schriftstück aus der Hand und warf einen prüfenden Blick auf die im Briefkopf angegebene Telefonnummer der Kanzlei. »Aber falls du nicht interessiert sein solltest, mich zu begleiten, könnte ich ja Dad darum bitten.«

»Wie bitte?«, glaubte sich Mrs Andrews verhört zu haben. »Dein Vater ist in der Zeitungsredaktion viel zu beschäftigt, um sich noch zusätzliche Zeit dafür freizuschaufeln. Am besten rufst du gleich bei diesem Bumblebee an und vereinbarst mit ihm einen Termin. Wenn möglich, schon für heute. Je eher wir wissen, was hinter diesem merkwürdigen Schreiben steckt, desto besser!«

Bob konnte sich ein Grinsen nicht verkneifen. »Jetzt weiß ich endlich, von wem ich dieses Neugier-Gen geerbt habe!«

Bobs Telefonat mit der Kanzlei gestaltete sich recht schwierig. Zwar konnte er Mr Bumblebees Sekretärin dazu bewegen, ihm und seiner Mutter noch für diesen Tag einen Termin zu geben. Doch sie weigerte sich vehement, den Grund für das gewünschte Erscheinen am Telefon zu nennen.

Hatte er sich irgendetwas zuschulden kommen lassen, zu dessen Klärung es eines Anwaltes bedurfte? Doch sosehr Bob sich auch das Hirn zermarterte, er konnte sich nicht erklären, weshalb er in dieser Kanzlei aufzutauchen hatte.

Als die beiden schließlich gegen elf Uhr im Wartezimmer der Kanzlei saßen, hatte Bob vor Aufregung ein flaues Gefühl im Magen, denn er hatte beim Frühstück keinen einzigen Bissen herunterbekommen.

Mrs Andrews sah sich in dem vornehm möblierten Wartezimmer um. Während sie noch darüber nachsann, wie viel Miete man wohl monatlich für solch eine Kanzlei aufzubringen hatte, öffnete sich die Tür zum Büro. Mrs Evans, die Sekretärin, lächelte Bob und seine Mutter freundlich an.

»Mr Bumblebee ist so weit. Wenn Sie mir bitte folgen möchten?«

Bob erhob sich mit weichen Knien vom Stuhl und folgte gemeinsam mit seiner Mutter der korpulenten Dame auf den Flur. Sie mochte etwa Anfang vierzig sein, doch in dem modernen, farbenfrohen Kleid, das sie trug, wirkte sie weitaus jünger.

Im Büro erhob sich Mr Bumblebee aus seinem Schreibtischsessel, eilte den Besuchern entgegen und streckte die Hand zur Begrüßung aus.

»Schön, dass es so zeitnah geklappt hat«, näselte er in seinen angegrauten Bart, während Mrs Evans diskret einige Schritte zurücktrat. Er wies auf die rote Ledercouch. »Ich bitte Platz zu nehmen.«

Bob und seine Mutter folgten der Anweisung. Mrs Andrews zupfte ihr Kleid zurecht und warf dem Anwalt einen fragenden Blick zu.

»Vermutlich haben Sie schon eine Ahnung, weshalb ich Sie beide in meine Kanzlei gebeten habe, obwohl es im Kern hauptsächlich nur Ihren Sohn betrifft, Madam.« Er strich sich über den Bart. Dann kehrte er zu seinem Schreibtisch zurück und ließ sich auf den Sessel sinken.

»Offen gestanden tappe ich total im Dunkeln«, entgegnete Bob mit ernstem Blick. »Muss ich denn mit einer Hiobsbotschaft rechnen?«

Irritiert rückte Mr Bumblebee seine Nickelbrille zurecht. »Jetzt … bin ich mir nicht ganz sicher, wie weit Ihr bisheriger Informationsstand ist, junger Mann. Denn eigentlich bin ich davon ausgegangen, dass Sie … Ich meine …«

Bob runzelte verunsichert die Stirn. »Wovon um alles in der Welt sprechen Sie, Sir? Ich habe nicht den blassesten Schimmer!«

»Den Eindruck hatte ich ebenfalls, als der junge Mr Andrews heute Morgen zwecks Terminvereinbarung bei uns anrief«, klärte Mrs Evans ihren Vorgesetzten auf. »Er wollte unbedingt von mir wissen, weshalb er das Schreiben erhalten hatte. Aber der Datenschutz verbietet uns ja jegliche Auskunft am Telefon.«

Mr Bumblebee nickte zustimmend. »Sie haben richtig gehandelt, Pam.« Er griff nach einem Schnellhefter, schlug ihn auf und wandte sich Bob zu. »Bei der Klientin, die uns mit dem Fall beauftragt hat, handelt es sich um eine gewisse Clarissa Franklin. Sie hat sich an meine Kanzlei ge…«

»Vergessen Sie's!« Impulsiv war Bob aufgesprungen. Mit zwei großen Schritten trat er an Mr Bumblebees Schreibtisch heran und deutete auf den Schnellhefter. »Mit Mrs Franklin will ich nicht das Geringste zu tun haben! Die Sache zwischen uns hat sich endgültig erledigt!«

Nicht nur der Anwalt, auch Mrs Andrews und die Sekretärin waren von Bobs heftiger Reaktion *mehr* als überrascht.

»Es wäre für uns alle von Vorteil, wenn ich mein Anliegen zu Ende vortragen dürfte, bevor Sie Ihren Gefühlsausbrüchen weiter freien Lauf lassen, junger Mann«, versuchte Mr Bumblebee ihn zu beruhigen.

»Mum, lass uns gehen!«, stellte Bob seine Ohren auf Durchzug, während Mrs Andrews das ungewohnte Verhalten ihres Sohnes sichtlich überforderte. »So beruhige dich doch, Junge! Lass uns zumindest anhören, was dir der Anwalt zu sagen hat.«

»Ich verzichte freiwillig! Mrs Franklin hat mich *mehr* als einmal fertiggemacht, und das reicht für den Rest meines Lebens!«

Mrs Andrews horchte verstört auf. »Wie meinst du das? Und weshalb habe ich bisher noch nie etwas von dieser Person gehört, wenn sie dir so viel Leid zugefügt hat?«

»Das ist jetzt völlig unwichtig!«, entgegnete Bob gereizt. »Lass uns gehen!«

Mr Bumblebee räusperte sich und senkte die Stimme. »Mir bleibt nichts anderes übrig, als Ihren Entschluss zu akzeptieren, Mr Andrews. Doch bevor ich Sie gehen lasse, fühle ich mich dazu verpflichtet, Sie zumindest noch über eine wichtige Tatsache in Kenntnis zu setzen.«

»Und die wäre?«

Der Gesichtsausdruck des Anwalts wurde ernster. »Sie haben eben geäußert, dass das Leid, welches meine Klientin Ihnen zugefügt hat, für den Rest Ihres Lebens reichen würde.«

Er nickte. »So ist es. Und?«

»Ich kann Ihnen versichern, dass Sie diesbezüglich von Mrs Franklin nichts mehr zu befürchten haben.«

Bob hielt irritiert inne. »Wie meinen Sie das?«

Betroffen schloss Mr Bumblebee den Schnellhefter und fixierte Bob mit ernstem Blick. »Was den Rest des Lebens betrifft, so hat Clarissa Franklin diesen bereits hinter sich. Sie ist vor etwas mehr als einer Woche verstorben.«

Schwere Entscheidung

Bob erstarrte. Mit offenem Mund verharrte er mitten im Raum. Dann wurde ihm schwindelig und er vernahm ein seltsames Rauschen in den Ohren, das zunehmend lauter wurde.

»Ist … nicht wohl …?«, drangen die Worte wie durch einen dichten Nebel zu ihm. »… ich Ihnen ein … holen …?«

Langsam kam Bob wieder zu sich. Seine Beine fühlten sich an wie Gummi, aber das Rauschen in den Ohren verebbte.

»Komm, mein Junge. Du solltest dich einen Moment setzen.« Behutsam führte Mrs Andrews ihren Sohn zur Couch zurück, doch Bob wehrte entschieden ab.

»Es geht schon, Mum! Ich möchte lieber stehen.«

Mrs Evans trat heran und reichte ihm ein Glas stilles Wasser. »Aber hiervon sollten Sie einen Schluck trinken; das weckt die Lebensgeister.«

Bob leerte das Glas in einem Zug. »Entschuldigen Sie, Mr Bumblebee. Ich habe mit *allem* gerechnet, aber nicht mit dieser Nachricht …«

»Ich kann mich ebenfalls nur entschuldigen …« Verlegen rückte der Anwalt seine Brille zurecht. »Doch nach den Worten meiner Klientin war ich davon ausgegangen, dass ihr Verhältnis zu Ihnen … Ich meine … Ich wollte sagen …«

»*Was?*«, fragte Bob verstört.

»Mrs Franklin erweckte mir gegenüber den Eindruck, als stünden Sie in einer engeren Beziehung zueinander.«

»Was soll das heißen?«, ging Mrs Andrews vehement dazwischen. »War *das* etwa der Grund, weshalb Sie mich ebenfalls in Ihre Kanzlei zitiert haben, Mr Bumblebee?«

»So ein Unsinn, Mum!« Bob verschränkte demonstrativ die Arme. »Wie ich bereits gesagt habe, möchte ich mit Clarissa Franklin nichts mehr zu tun haben! Und wenn wir jemals in einer gewissen *Beziehung* zueinander standen, wie Sie es ausdrücken, Sir, war das ausschließlich aus … nun ja … *beruflichen* Gründen!«

»Berufliche Gründe? Wie darf ich das verstehen?«, ließ Mrs Andrews nicht locker.

»Es hatte etwas mit unserer Detektivarbeit zu tun.«

Mrs Evans nahm Bob das leere Glas aus der Hand und schaute ihn fragend an. »Detektivarbeit?«

»Meine beiden Freunde und ich machten das anfangs nur als Hobby, aber mittlerweile weiß sogar die Polizei aus Rocky Beach unsere Arbeit zu schätzen«, gab Bob bereitwillig Auskunft. »Wie dem auch sei: In einigen unserer Fälle hatten wir es mit Mrs Franklin zu tun, jedes Mal jedoch mit einem, freundlich formuliert, bitteren Nachgeschmack.«

Mr Bumblebee zeigte keine Regung. Er saß noch immer hinter seinem Schreibtisch, wohingegen Mrs Andrews zunehmend nervöser wurde.

»Diese Mrs Franklin ist tot, aber um ihm das zu sagen, haben Sie meinen Sohn ja wohl nicht hergebeten.«

Der Anwalt nickte zustimmend mit dem Kopf. »Das ist richtig, Madam. Es ist meine Aufgabe und Befugnis, den Nachlass meiner Klientin zu verwalten. Und genau aus diesem Grund habe ich Sie und Ihren Sohn in meine Kanzlei gebeten.«

Bob glaubte sich verhört zu haben. »Clarissa … äh, ich meine, Mrs Franklin hat mir etwas … vererbt?«

»So ist es.« Mit einem hässlichen Geräusch brachte Mr Bumblebee seine Fingergelenke zum Knacken. »Würden Sie bitte den Karton von nebenan holen, Mrs Evans?«

Die Sekretärin verließ eilfertig das Büro, kehrte kurz darauf mit einem Karton von der Größe einer Tortenschachtel zurück und stellte diesen auf dem Schreibtisch ihres Chefs ab.

Mr Bumblebee schob den Karton ein kleines Stück zur Seite. »Mr Andrews, Sie dürfen den Inhalt erst dann sichten, wenn Sie, beziehungsweise Ihre Mutter als Erziehungsberechtigte, schriftlich bestätigt haben, dass Sie das Ihnen zugedachte Erbe annehmen.«

Bob zögerte. Nach all den demütigenden Erlebnissen mit dieser Frau, die tiefe Narben in ihm hinterlassen hatten, hätte er endlich *die* Gelegenheit, einen Schlussstrich unter das Kapitel »Clarissa Franklin« zu ziehen, indem er das Erbe einfach ausschlagen würde. Doch dann manifestierte sich in seinem

Kopf seine letzte Begegnung mit Clarissa … Die Verabschiedung in ihrem Bungalow … Wie sie sich unerwartet noch einmal zu ihm umwandte …

»Ach, Bob!«

»Ja?«

»Eines möchte ich dir noch mit auf den Weg geben: Wir können nur von Menschen verletzt werden, die uns nahestehen …«

Bob blickte auf und sah, wie Mr Bumblebee einige Schriftbögen aus einer Dokumentenmappe entnahm und vor sich auf dem Schreibtisch ausbreitete.

»Nun? Haben Sie eine Entscheidung getroffen?«

Bob atmete tief durch und trat zögernd näher. »Also schön. Da ich die Katze im Sack ja nicht kaufen muss, sondern sie mir vererbt wurde, lasse ich mich auf das Wagnis ein.«

»Ausgezeichnet!« Der Notar zog einen Füllfederhalter aus der Brusttasche seines Jacketts, löste die Kappe und reichte ihn Mrs Andrews. »Wenn Sie dann bitte hier unterschreiben würden, Madam?«

Mrs Andrews trat an den Schreibtisch, auf dem Mr Bumblebee ein Schriftstück in doppelter Ausführung ausgebreitet hatte. »Und was passiert, wenn sich in dem versiegelten Karton etwas befindet, das mir oder meinem Sohn Unannehmlichkeiten bereitet?« Sie sah den Notar eindringlich an. »Ich frage ja nur für den Fall der Fälle, weil mein Sohn vorhin erwähnt hat, dass sein Verhältnis zu dieser Mrs Franklin … nun ja, nicht gerade … zum Besten stand.«

»Sie können ganz unbesorgt sein«, beruhigte Mr Bumblebee

sie. »Mit Ihrer Unterschrift bestätigen Sie lediglich, dass Sie das Ihrem Sohn zugedachte Vermächtnis ordnungsgemäß erhalten haben. Sollten sich mit dem Inhalt des Kartons jedoch irgendwelche Komplikationen ergeben, können Sie sich jederzeit mit mir in Verbindung setzen.«

»Gut zu wissen.« Mrs Andrews wandte sich ihrem Sohn zu. »Also, mein Junge: ja oder nein?«

Bob nickte entschieden.

Damit war die Sache geklärt. Seine Mutter unterzeichnete die Empfangsbestätigungen, der Notar zeichnete das Duplikat gegen und gab es ihr zurück. »Damit wäre alles geregelt!« Er erhob sich aus dem Sessel und deutete auf den Karton. »Ich gehe davon aus, junger Mann, dass das, was meine Klientin Ihnen zugedacht hat, von großer Bedeutung ist. Denn sie legte mir nahe, Ihnen das Vermächtnis nur persönlich auszuhändigen. Und somit ist Mrs Franklins letzter Wille nun erfüllt!«

Auf der Heimfahrt nach Rocky Beach schaute Bob immer wieder nach dem Karton, den er auf die Rückbank seines gelben Käfers verfrachtet hatte. »Befürchtest du etwa, dass es sich bei deinem Erbe um eine Bombe handelt?«, versuchte Mrs Andrews, ein Gespräch mit ihrem Sohn anzufangen.

»Mum, ehrlich gesagt, bin ich gerade ziemlich durch den Wind«, erwiderte er gereizt, während vor ihnen das Ortsschild von Rocky Beach auftauchte. »Die Nachricht über ihren Tod hat mich ganz schön von den Socken gehauen, das muss ich erst mal verdauen …«

»Verstehe … Ich werde dich jetzt nicht weiter löchern, aber wann immer dir danach ist, über die Hintergründe dieser Geschichte zu reden, werde ich ein offenes Ohr für dich haben.«

Bob erwiderte das Angebot mit einem dankbaren Lächeln und lenkte den Käfer in die Straße, an deren Ende sich das Wohnhaus der Familie Andrews befand.

»Du wirst alles erfahren, sobald *ich* mehr über die Sache weiß«, sagte er anstelle einer Erklärung. »Doch vorher muss ich mit Justus und Peter darüber sprechen. Die beiden waren ja ebenfalls in die damaligen Vorfälle verstrickt. Das bin ich ihnen schuldig.«

Er verringerte das Tempo, fuhr in eine schmale Parkbucht und brachte das Fahrzeug zum Stehen.

Mrs Andrews löste den Gurt. »Dann fährst du jetzt zu deinen Freunden, richtig?«

»So ist es. Wir werden den Inhalt des Kartons gemeinsam in Augenschein nehmen. Ich berichte dir auf jeden Fall später, was mir diese Frau vererbt hat. Versprochen.«

»Einverstanden. Ich bin ehrlich gesagt gespannt wie ein Flitzebogen.«

Nachdem Mrs Andrews ausgestiegen war, lenkte Bob den Käfer aus der Parkbucht und winkte ihr im Vorbeifahren noch einmal lächelnd zu. Doch dabei überfiel ihn ein beklemmendes Gefühl. Er hatte seine Mutter in einem Punkt belogen …

Bittere Erkenntnis

Wenige Minuten später hatte Bob sein Ziel erreicht: Das Gebrauchtwarencenter T. Jonas. Hier wohnte sein Freund Justus Jonas gemeinsam mit seiner Tante Mathilda und Onkel Titus, die ihren Neffen nach dem tragischen Tod seiner Eltern vor vielen Jahren bei sich aufgenommen und großgezogen hatten. Im Laufe der Jahre war es den beiden gelungen, sich auf ihrem Grundstück mit dem Handel von Trödel, Antiquitäten und Schrottteilen eine Existenz aufzubauen, die der Familie bis heute ein solides Einkommen sicherte.

Justus bewohnte in dem Haus seiner Zieheltern nicht nur ein eigenes Zimmer, sondern genoss zudem noch das Privileg, einen ausrangierten Campingwagen nutzen zu dürfen, der sich versteckt unter einem gewaltigen Schrotthaufen auf dem Gelände befand. Dieses Domizil diente den drei ??? als Detektivzentrale.

Nachdem Bob den Käfer auf dem Grundstück geparkt und den Karton von der Rückbank genommen hatte, ging er geradewegs auf den Schrottberg zu. Inmitten der Ansammlung alter Autoreifen, kaputter Fahrräder und verrotteter Möbelstücke befand sich ein recht unansehnlicher Kühlschrank, dessen Rückwand entfernt worden war. Von den drei Detektiven als das *Kalte Tor* bezeichnet, war dies einer der geheimen Zugänge, der durch einen engen Tunnel hinein in die Zentrale führte.

Bevor Bob die Kühlschranktür öffnete, blickte er sich noch einmal vorsichtig um. Er durfte nicht riskieren, bei seiner Aktion entdeckt zu werden. Doch weit und breit war niemand zu sehen. Selbst Mrs Jonas nicht. Bob vermutete, dass sich Justus' Tante im Büro aufhielt, und zu seiner Erleichterung stand auch der Pick-up von Mr Jonas nicht auf dem Parkplatz. Demnach waren Justus und Peter, wie am frühen Morgen angekündigt, mit ihm unterwegs, um aus Las Vegas eine Ladung Möbelstücke abzuholen. Von der Tour wollten sie erst am frühen Abend zurückkehren.

Beim Öffnen gab die Kühlschranktür ein leises Quietschen von sich. Bob ging in die Knie, zwängte sich durch das *Kalte Tor*, zog es hinter sich zu und bahnte sich auf allen vieren, den Karton vor sich herschiebend, den Weg in die Zentrale.

Die Stille, die ihn dort empfing, war alles andere als angenehm. Zumindest zum gegenwärtigen Zeitpunkt. Ohne Justus und Peter kam er sich hier sehr einsam vor. Doch er hatte sich diesen Ort ja genau aus diesem Grund ausgesucht; mit dem Wissen, hier für einige Zeit ungestört zu sein. Um in sich hineinzuhorchen, was er *tatsächlich* empfand, ohne das Einwirken anderer Stimmen von außen.

Er stellte den Karton auf den Tisch, zog den Sessel heran und ließ sich darauf niedersinken. Dann schloss er für einen Moment die Augen …

Sie ist tot … Mit einem Mal von dieser Erde verschwunden. Einfach so.

Plötzlich fuhr Bob in die Höhe und richtete seinen Blick auf den Karton. *Öffnen!*, schoss es ihm durchs Hirn. *Dann hast du es endlich hinter dir.*

Er zog den Karton zu sich heran, schob die Finger unter die zwei versiegelten Verschlusslaschen und riss sie mit einem *Ratsch* nach oben. Vorsichtig, als könnte aus dem Inneren jeden Moment eine giftige Schlange hervorschießen, linste Bob in den Karton und entdeckte darin drei flache, quadratische Pappschachteln von der Größe eines Poesiealbums. Er atmete erleichtert auf. Zumindest kein todbringendes Lebewesen. Kurz entschlossen entnahm er eine der Schachteln und unterzog sie einer eingehenden Prüfung. Auf der Vorderseite stand mit Filzstift geschrieben eine *1*. Die beiden anderen Schachteln trugen die Ziffern *2* und *3*. Wie bei einer Buchschatulle ließ sich auf der rechten Seite der Inhalt herausziehen: eine aufklappbare Papphülle, in der sich eine Tonbandspule befand. Zum Glück jobbte Bob in seiner Freizeit gelegentlich in Sax Sandlers Musikagentur. Erst letztes Jahr hatte sein Chef etliche alte Tonbandgeräte ausrangiert und eins davon Bob vermacht. Dieses lagerte seitdem ungenutzt im separaten Fotolabor der Detektivzentrale.

Kurz darauf stand das Tonbandgerät vor Bob auf dem Tisch.

Er schloss den Netzstecker an, legte mit zitternden Fingern die Tonbandspule ein und drückte die Starttaste.

Aus dem Lautsprecher erklang Musik. Ein ruhiges Jazzstück. Bob legte sich rücklings auf den Teppich und schloss die Augen.

War es etwa das, was ihm die ehemalige Psychotherapeutin vererbt hatte? Eine Ansammlung ihrer liebsten Musikstücke?

»*Hallo, Bob …*«, ertönte auf einmal die ihm wohlbekannte Stimme Clarissa Franklins aus dem Tonbandgerät. Bob zuckte zusammen. »*Ich denke, es ist sinnvoll für mich, bei noch einigermaßen klarem Verstand eine umfassende Lebensbilanz zu ziehen. Heute ist der achtzehnte Juni. Früher Abend. Ich sitze hier in meinem bescheidenen Bungalow in Little Rampart, genieße dabei ein Glas edlen Rotweins, höre im Hintergrund meine alten Jazz-Schallplatten und hinterlasse meinen wenigen Vertrauten als Vermächtnis einige Gedanken auf Papier; oder, wie in deinem Fall, auf Tonband.*« Sie atmete tief durch. »*Es ist ein eigenartiges Gefühl, dir auf diese Weise mitzuteilen, was du dringend erfahren musst. Ich richte meine Worte ausschließlich an dich und hoffe daher sehr, dass du allein vor einem Gerät sitzen wirst, um dir anzuhören, was ich schuldig bin, dir mitzuteilen. Nur du und ich, wir beide allein in einem Raum.*«

Bob erschauerte. Die Stimme der Psychologin klang auffallend brüchig und kraftlos. Ihrem einstigen resoluten Tonfall war nicht mehr das Geringste anzumerken.

»*Wir beide standen ja meist in einem sehr ambivalenten Verhältnis zueinander*«, kam Mrs Franklin nun direkt zur Sache, nachdem sie hörbar an ihrem Rotwein genippt hatte. »*Auf dich muss das einen äußerst verstörenden Eindruck gemacht haben, dessen war ich mir stets bewusst. Doch für mein Verhalten dir gegenüber gab es einen triftigen Grund. Einen schwerwiegenden Grund, der jedoch weitaus länger zurückliegt als der Zeitpunkt, an dem du mich damals in meiner Praxis aufgesucht hast, um dich freiwillig von mir in Hypnose versetzen zu lassen. Sicherlich gehst du noch immer davon aus, dass du mich erst seit diesem Tag kennst, doch das ist ein Trugschluss. Ich hielt es bislang für klüger, dich nicht damit zu konfrontieren. Aber du musst endlich die Wahrheit erfahren, Bob. Glaube mir, ich handelte nur zu deinem Schutz. Doch jetzt, kurz vor meinem Ableben, ist etwas eingetreten, womit ich keinesfalls gerechnet habe. Auf diesen Bändern wirst du alles erfahren. Hier und jetzt. Danach wirst du hoffentlich verstehen, was mich damals dazu bewegt hat, dir auf manchmal doch ... mehr als bizarre Weise ... gegenüberzutreten. Denn alles, Bob, selbst der kleinste Windhauch, der einem die Wange streift, hat im Leben seinen Sinn. Zuvor aber musst du Folgendes wissen: Die anfänglichen Warnzeichen meines Körpers, die sich schon vor einigen Monaten bemerkbar gemacht hatten, habe ich bewusst ignoriert. Vermutlich, weil mir eine innere Stimme sagte, dass es sowieso kein Rückfahrticket mehr für mich gibt ...«* Wieder nippte sie an ihrem Wein und setzte das Glas leise auf dem Tisch ab. »*Dann traten diese unerträglichen Schmerzen auf, die mich schließlich doch zu einer ärztlichen Untersuchung zwangen. Das daraus resultierende Ergebnis bestätigte meine Vorahnung. In meiner Bauchspeicheldrüse befindet sich ein äußerst aggressiver Tumor, der bereits im gan-*

zen Körper gestreut hatte. Die Ärzte prognostizierten mir eine Lebenserwartung von nur noch wenigen Wochen. Für sie grenzt es an ein Wunder, dass ich mich in diesem Stadium noch immer auf den Beinen halten und nahezu ohne fremde Hilfe leben kann. Daher kommt ein Klinikaufenthalt für mich nicht infrage. Ich habe die Entscheidung getroffen, auf die qualvolle Chemotherapie zu verzichten. Ich ziehe es vor, die kurze mir verbliebene Zeit ohne die Nebenwirkungen zu verbringen.«

Bob presste seine Lippen fest zusammen. Betroffen lauschte er den Worten Clarissa Franklins und versuchte dabei, sich in ihre Lage zu versetzen. Ihre Stimme klang so nah aus dem Lautsprecher, dass es beinahe den Eindruck machte, als würde sich die Frau leibhaftig mit ihm in der Zentrale befinden.

»Aber irgendetwas stimmt seit einigen Tagen nicht«, änderte Mrs Franklin plötzlich ihren Tonfall, während sie sich aus der Flasche ein weiteres Glas einschenkte. *»Die Medikamente, die ich gegen die starken Schmerzen nehme und die das schnelle Voranschreiten der Krankheit eigentlich verzögern sollen, haben anscheinend ihre Wirkung verloren. Der Brechreiz und das unangenehme Ziehen in der Bauchgegend kehren wieder zurück. Seltsam ist auch, dass der bittere Nachgeschmack, der normalerweise wenige Minuten nach der Tabletteneinnahme eingetreten war, völlig ausblieb. Ich hätte dieser Tatsache gar keine große Bedeutung beigemessen, wenn es einige Tage zuvor nicht zu dieser schicksalhaften Begegnung gekommen wäre, die jetzt so kurz vor meinem Ableben eine Lawine schlimmsten Ausmaßes auslösen könnte …«*

Mit einem Mal verspürte Bob in sich ein aufkommendes Frösteln. Und dann kehrte etwas zurück, das sich in der Vergangenheit stets eingestellt hatte, sobald er mit der Psychologin persönlich in Kontakt getreten war: das unerklärliche Gefühl von Machtlosigkeit, Angst vor dem Ungewissen und zugleich eine Woge von Neugier mit extremer Anziehungskraft.

»*Vor einigen Tagen ist sie wieder aufgetaucht*«, senkte Mrs Franklin die Stimme zu einem Flüstern, als ob sie befürchtete, belauscht zu werden. »*Du wirst diese Person noch kennen, Bob. Sie stand unerwartet vor meiner Haustür, und ich war so töricht, sie in meine Wohnung zu lassen. Ein fataler Fehler, der nicht nur mich, sondern auch dich in große Gefahr gebracht hat!*«

Zu spät

Ausschalten, schoss Bob der warnende Impuls in den Kopf. *Lass dich von dieser Frau nicht erneut in Schwierigkeiten bringen, die dir mit Sicherheit wieder nur unnötigen Ärger bescheren werden. Selbst über ihren Tod hinaus. Noch kannst du alles mit einem einzigen Druck auf die Stopptaste beenden!* Er sprang vom Boden auf, streckte seinen Arm nach dem Tonbandgerät aus, der rechte Zeigefinger schnellte nach vorn, berührte die Taste und …

»Deshalb appelliere ich an deinen gesunden Menschenverstand, Bob, alle möglichen Maßnahmen zu ergreifen, um dein drohendes Schicksal noch abzuwenden!«, stieß Mrs Franklin beängstigend hervor. *»Leider scheinen die schweren Medikamente meinen an sich noch recht scharfen Verstand gelegentlich in Mitleidenschaft zu ziehen. Anders kann ich mir nicht erklären, warum ich mich dazu hinreißen ließ, dem unerwünschten Gast auf den Kopf zuzusagen, dass ich beabsichtige, dich endlich mit der alles umfassenden Wahrheit zu konfrontieren.«* Wieder

nippte sie an dem Wein, während Bob seinen Finger von der Stopptaste löste und wie in Trance auf die sich drehenden Tonbandspulen starrte.

»Mir ist später klar geworden, dass diese Person alles daransetzen wird, mich zum Schweigen zu bringen, und sei es, dass sie mir ein noch vorzeitigeres Ende bereitet. Wie konnte ich nur so dumm sein, dieser Person die mir verschriebenen Tabletten zu zeigen? Mich beschleicht der Verdacht, dass die Tabletten wenige Tage nach dem Besuch der Person, während ich Einkäufe erledigte, gegen ein Placebo ausgetauscht wurden, um mein Ableben noch zu beschleunigen.« Ihr Atem ging stoßweise. *»Doch solange ich noch unter den Lebenden weile, hast du nichts zu befürchten, Bob. Nur Tote schweigen. Solange es bei mir noch nicht so weit ist, wird niemand wagen, dir zu nahe zu treten, da ich mich sonst gezwungen sähe, auch der Polizei gegenüber ein allumfassendes Geständnis abzulegen. Nicht nur meine, auch die Verurteilung des unerwünschten Besuchers wäre damit besiegelt.«*

Bob trat der kalte Schweiß auf die Stirn.

»Doch niemand sollte mich unterschätzen«, frohlockte sie plötzlich in einem durchtriebenen Tonfall, der in Bob unschöne Erinnerungen an frühere Begegnungen mit Clarissa hervorrief.

»Als Sicherheitsvorkehrung werde ich hier auf dem Band den Namen der betreffenden Person nicht nennen. Das dient unserem gemeinsamen Schutz, falls diese Tonaufnahmen nach meinem Tod in falsche Hände geraten sollten. Allerdings habe ich eine

Rückversicherung in der Hinterhand. Einen Schlüssel, der dir die alleinige Entscheidung überlässt, ob du den Käfig öffnest oder für immer geschlossen hältst. Ich rate dir jedoch dringend, ihn an dich zu bringen. Den Weg dorthin habe ich dir bereits geebnet. Sentimentalität«, kam es ihr verächtlich über die Lippen. »*Diese Taktik erfüllt meistens ihren Zweck. Deshalb habe ich dieses Scheusal regelrecht auf Knien darum gebeten, bei meiner Beisetzung anwesend zu sein. Zum letzten·Geleit, und als Zeichen der Anteilnahme. Mit vielen Trauergästen ist nicht zu rechnen, aber diese Person wird auf dem Friedhof erscheinen. Darauf gebe ich dir Brief und Siegel! Hefte dich nach der Beerdigung an ihre Fersen. Die aktuelle Adresse der Person konnte ich bisher nicht ermitteln, aber das dürfte für dich als Detektiv kein Problem sein. Wie schon gesagt: Du wirst vor Ort sofort wissen, wen es zu observieren gilt, da du diese Person aus einer engen Verbindung zu mir noch in allzu guter Erinnerung haben müsstest. Dessen bin ich mir ganz sicher. Mit der Anwaltskanzlei Bumblebee werde ich vereinbaren, dass dir diese Tonbänder umgehend nach meinem Tode und persönlich ausgehändigt werden. Damit ist hoffentlich gewährleistet, dass du rechtzeitig handlungsfähig sein wirst.*«

In Bobs Kopf drehte sich alles. Seine Gedanken fuhren Karussell. War das wirklich die Realität, oder befand er sich mitten in einem bizarren Albtraum, der sich beängstigend echt anfühlte?

Mit einem *Klack* schaltete sich das Gerät automatisch aus. Das erste Tonband war zu Ende. Bob ließ das Band zurückspulen. Clarissas Beerdigung! Darüber hatte Mr Bumblebee ihm gegenüber kein einziges Wort verlauten lassen. Auch der Todestag war ihm nicht bekannt. Aber wollte er es wirklich wissen?

Vor ihm auf dem Schreibtisch lag der Umschlag des Anwaltsschreibens. Der Absender samt Telefonnummer war links oben auf das Kuvert gestempelt. Ein kurzer Anruf in der Kanzlei würde diese Fragen klären. Er schielte auf den Umschlag, griff nach dem Telefonhörer und tippte die Nummer ein. Nach dreimaligem Tuten meldete sich die Sekretärin: »Notar- und Anwaltskanzlei Bumblebee, Evans am Apparat. Was kann ich für Sie tun?«

Bob erkannte die Stimme der Sekretärin gleich wieder. »Entschuldigen Sie die Störung, Mrs Evans. Hier spricht Bob Andrews. Meine Mutter und ich waren heute Morgen in der Kanzlei und haben …«

»Ja, ja, ich weiß schon!«, tönte es grell aus dem Hörer. »Der junge Erbe mit den vielen Zweifeln! Worum geht's denn? Sie wollen doch hoffentlich keinen Widerspruch einlegen?«

»Nein, nein, das ist nicht der Grund meines Anrufs. Ich wollte vielmehr nach dem Bestattungstermin und dem Friedhof fragen, auf dem Clarissa Franklin beigesetzt wird.«

Am anderen Ende der Leitung entstand eine kurze Pause.

»Hallo?«, fragte Bob irritiert. »Sind Sie noch dran?«

»Na … natürlich«, entgegnete sie zögerlich. »Allerdings befürchte ich, dass Sie zu spät sind.«

Einsame Beisetzung

»Zu spät?« Bobs Herzschlag beschleunigte sich. »Ist sie etwa bereits beerdigt? Ich dachte, Ihre Klientin hätte Ihnen den Auftrag erteilt, mir das Vermächtnis direkt nach Eintritt ihres Todes auszuhändigen. Wann genau ist Mrs Franklin denn verstorben?«

»Also … äh … Von diesem Auftrag ist mir nichts bekannt, junger Mann«, versuchte die Sekretärin, jegliche Schuld von sich zu weisen. »Und über den genauen Todestag bin ich so ad hoc nicht im Bilde. Mr Bumblebee sprach ja vorhin von etwas mehr als einer Woche. Er hat leider die Kanzlei … ich meine … Ich sollte das Taxi für zwölf Uhr bestellen, damit er …«

»Damit er – *was*?«

»Die Beisetzung ist für dreizehn Uhr angesetzt.« Es klang fast nach einer Beichte. »Mein Chef ist vor einer halben Stunde zum Friedhof gefahren. Ich konnte ja nicht ahnen, dass Ihnen der Termin nicht geläufig war … Und nachdem Sie sich heute Morgen so negativ über die Klientin geäußert hatten …«

»Egal jetzt!«, fiel Bob ihr ins Wort. Ein kurzer Blick auf seine Armbanduhr bestätigte seine Vorahnung. Sollte die Beisetzung pünktlich begonnen haben, so war sie bereits seit fünf Minuten im Gange. »Welcher Friedhof ist es? So sagen Sie schon!«

»Ja doch … Moment … Sie machen mich ja ganz nervös! Im nahen Umfeld von Little Rampart …« Aus dem Hörer erklang ein hektisches Rascheln von Papier. »Warten Sie … Die genaue Adresse … Ich habe sie gleich …«

»Nicht nötig!«, rief Bob aufgebracht in den Hörer. »Den Friedhof kenne ich! Danke für die Auskunft!« Ohne eine Reaktion abzuwarten, warf er den Hörer auf die Gabel, griff nach seinem Autoschlüssel und verließ durch die Wohnwagentür eiligst die Zentrale. Wenn es der Verkehr zuließ, könnte er den Friedhof mit seinem Käfer in einer Viertelstunde erreichen.

Während der Fahrt Richtung Little Rampart missachtete Bob jegliche Verkehrsregeln: Er übertrat das Tempolimit, ignorierte drei rote Ampeln und überholte auf riskante Weise mehrere Fahrzeuge. Sein Verstand war wie ausgeknipst. Doch das Glück war auf seiner Seite. Unbeschadet und ohne der Polizei zu begegnen, traf er zwölf Minuten später vor dem Eingangstor des Friedhofs ein. Er sprang aus dem Wagen und eilte auf das parkähnliche Gelände zu. Vor zwei Jahren hatte er seinen Vater dorthin begleitet, dessen ehemaliger Kollege und enger Freund verstorben war und hier beerdigt wurde. Bob wusste daher, welchen Weg er einschlagen musste, um an der kleinen Kapelle vorbei zu den Grabanlagen zu gelangen.

Am Himmel hatten sich dunkle Wolken gebildet, die einen nahenden Regenschauer ankündigten. Als Bob im Laufschritt auf halbem Weg die Kapelle erblickte, fuhr er plötzlich zusammen und hielt inne. Die Flügeltür hatte sich geöffnet. Dahinter traten sechs Männer ins Freie und trugen einen schwarzen Sarg auf ihren Schultern. Nüchtern und neutral. Keine Blumen. Keine Schärpen. Die Kapellenuhr zeigte zwanzig nach eins an. Bob verspürte einen leichten Hoffnungsschimmer. War er doch noch rechtzeitig auf dem Friedhof eingetroffen, oder war dies schon die nächste Trauergemeinde?

Direkt bei der Kapelle stand ein riesiger Hibiskus. Bob ging dahinter in Deckung und beobachtete durch die großen Blätter, wie der Sarg aus der Kapelle herausgetragen wurde, gefolgt von einem Pfarrer und einer weiteren Person. Selbst auf die weite Entfernung erkannte Bob den Notar Jacob Bumblebee. Er hatte sich in der Zwischenzeit umgezogen und trug jetzt dem Anlass entsprechend einen dunklen Nadelstreifenanzug und schwarze Lackschuhe. In der Hand hielt er eine weiße Nelke.

Gespannt wartete Bob auf weitere Trauergäste. Doch außer Mr Bumblebee schien sonst niemand an der Beisetzung der ehemaligen Psychologin teilzunehmen.

Auf einmal begann es zu regnen. Die Regentropfen fielen so dicht, dass Bob tiefer in den Busch trat, um nicht komplett nass zu werden. Aus seinem Versteck heraus konnte er mitverfolgen, wie der Pfarrer an der Grabstelle einen Regenschirm aufspannte und anschließend einige Worte aus der Bibel vortrug. Dann wurde der Sarg in die ausgehobene Grube hinabgelassen. Mr Bumblebee ließ die Nelke hineinfallen und faltete die Hände zu einem stummen Gebet, während Bobs Gedanken sich ebenfalls mit Mrs Franklin beschäftigten. Zu seiner Verwunderung hatte die Psychologin mit ihrer letzten Vermutung und Ankündigung dieses Mal offenbar nicht ins Schwarze getroffen. Der unheimliche Besucher, der ihr angeblich nach dem Leben trachtete, war der Bestattung aus unerfindlichen Gründen ferngeblieben. Und als würde diese Tatsache sie auch jetzt nach ihrem Ableben noch erzürnen, entlud sich direkt über dem Friedhofsgelände ein greller Blitz, gefolgt von einem heftigen Donnerschlag. Bob fuhr zusammen. Der Erdboden unter seinen Füßen vibrierte, und nur die Angst davor, entdeckt zu werden, hinderte ihn daran, einen sichereren Unterschlupf zu suchen. An der Grabstätte deutete der Pfarrer zum Himmel und rief Mr Bumblebee etwas zu, woraufhin die acht Personen zur Kapelle zurückeilten.

Dort angekommen verabschiedete sich der Notar von dem Geistlichen und den Sargträgern, die im Gebäude Schutz vor dem Unwetter suchten. Im Laufschritt und vollkommen durchnässt trat Mr Bumblebee den Rückweg an.

Aus dem Busch heraus blickte Bob ihm nach, bis er das Friedhofsgelände verlassen hatte. Kurz darauf hörte er von der Straße her ein Auto davonfahren.

Der dritte Detektiv rief sich ins Gedächtnis, was Mrs Franklin ihm in der Tonbandnachricht dringend aufgetragen hatte: *»Du wirst vor Ort sofort wissen, wen es zu observieren gilt, da* *du diese Person aus einer engen Verbindung zu mir noch in allzu guter Erinnerung haben müsstest. Dessen bin ich mir ganz sicher.«*

Bob biss die Zähne aufeinander. Die *Person* aus der Vergangenheit war der Beerdigung ferngeblieben und Mrs Franklins Rechnung somit nicht aufgegangen. Alles war wie ein Kartenhaus in sich zusammengefallen. Hatte das Schicksal womöglich ein Einsehen gehabt, um ihn vor weiterem Schaden zu bewahren?

Zwanzig Minuten später kehrte Bob auf den Schrottplatz zurück. Mittlerweile hatte es aufgehört zu regnen. Er stieg aus dem Käfer und schlich mit einem mulmigen Gefühl auf das *Kalte Tor* zu.

Hoffentlich hatte ihn Tante Mathilda nicht gesehen. Sein Plan war, die Tonbänder auf schnellstem Weg und ungesehen aus der Zentrale zu schaffen, um somit den ganzen Vorfall ad acta zu legen. Das Thema Clarissa Franklin sollte mit ihrer Bestattung ein für alle Mal begraben sein. Er würde sich die zwei anderen Tonbänder nicht anhören. Aus und vorbei. Justus und Peter konnte er auch später noch davon unterrichten. In einigen Tagen, sobald er mit sich und seinen verwirrten Gefühlen wieder im Einklang war … So hoffte er zumindest.

Durch das *Kalte Tor* gelangte Bob in die Zentrale. Nachdem er die Bodenluke des Wohnwagens hinter sich geschlossen hatte, richtete er sich auf, ging geradewegs auf den Schreibtisch zu, auf dem sich das Tonbandgerät befand, und stutzte … Wo war der Karton mit den zwei weiteren Bändern? Er war sich ganz sicher, ihn ebenfalls auf den Schreibtisch gestellt zu haben … Aber da war nichts! Dann fiel sein Blick auf das Tonbandgerät und er erstarrte. Das Tonband darauf war verschwunden! Lediglich die leere Spule war noch vorhanden.

Bob begann, unkontrolliert zu zittern. Wer hatte sich während seiner Abwesenheit hier Zutritt verschafft und die Bänder an sich genommen? Plötzlich vernahm er aus der Bodenluke ein eigenartiges Geräusch. Ihm blieb keine Zeit sich umzudrehen, denn im selben Moment legte sich von hinten eine Hand auf seine Schulter.

Kalte Wut

Von Panik erfasst fuhr Bob herum und blickte in die ebenfalls erschrockenen Gesichter von Justus und Peter.

»Wo kommt ihr denn plötzlich her?«

Der Erste Detektiv trat unwillkürlich einen Schritt zurück.

»Ich bitte vielmals um Vergebung, dass wir vergaßen anzuklopfen, Kollege, aber aus reiner Gewohnheit ging ich davon aus, dass es unnötig ist, anzuklopfen, wenn man die eigenen vier Wände betritt!«

»Ja, ja … schon klar«, musste Bob eingestehen, während er sich so hinstellte, dass seine Freunde das Tonbandgerät hinter seinem Rücken nicht sehen konnten. »Äh … wolltet ihr nicht erst heute Abend wieder zurück sein? Ich meine, Las Vegas liegt ja nicht gerade um die Ecke …«

»Das war eine Pleite auf ganzer Linie!« Peter streifte seine Jacke ab, warf sie über die Stuhllehne und öffnete die Kühlschranktür. »Wollt ihr auch noch 'ne Cola? Ich bin kurz vorm Verdursten!«

Bob und Justus nickten. Peter übernahm die Rolle des Kellners und servierte den beiden die Dosen.

»Um auf die Pleite zurückzukommen …«

»W… welche Pleite?«, stammelte Bob verlegen und fragte sich zugleich entsetzt, auf welchem Weg Peter von seinem Misserfolg auf dem Friedhof Wind bekommen haben konnte.

»Na, die Tour nach Las Vegas!« Der Zweite Detektiv ließ sich auf den Sessel plumpsen und setzte gierig die Dose an die Lippen. Nach mehreren Schlucken fühlte er sich sichtlich besser. »Auf halber Strecke dorthin klingelte Mr Jonas' Handy. Der Verkäufer, der ihm mehrere ausrangierte Flipperautomaten und einarmige Banditen aus seinem Casino angeboten hatte, machte plötzlich einen Rückzieher, weil er das höhere Angebot eines anderen Kunden unmöglich ausschlagen konnte. Ist das zu fassen?«

»Und deshalb sind wir jetzt schon wieder zurück«, fügte Justus als Erklärung hinzu. »Während du unsere Abwesenheit vermutlich dazu genutzt hast, hier in der Zentrale … ja, *was* überhaupt?«

Bob lief rot an. »Soll das jetzt ein Verhör werden, oder was?«, entfuhr es ihm etwas zu heftig. »Ich hatte nur nicht mit eurer vorzeitigen Rückkehr gerechnet, das ist alles! Ich sitze hier schon seit einer Stunde und habe unser Aktenarchiv ein wenig auf Vordermann gebracht. Das wird einem ja wohl noch gestattet sein, oder?«

»Was ist los mit dir?«, insistierte Justus von Misstrauen erfasst, ließ sich auf dem Stuhl nieder und blickte Bob eindringlich in die Augen. »Seit wann sind wir denn unehrlich zueinander?«

»Justus …«, horchte Peter verstört auf. »Worum geht es denn plötzlich? Habe ich irgendetwas nicht mitbekommen?«

»Deine Frage macht zumindest den Eindruck auf mich. Mich irritiert, wieso unser Dritter davon ausgeht, dass ich das Tonbandgerät hinter ihm auf dem Schreibtisch noch nicht entdeckt hätte und ich ihm zudem noch abkaufe, dass er hier in der Zentrale mit dem Sortieren unseres Aktenarchivs beschäftigt war, obwohl …«

Bob stand da wie versteinert. »Obwohl … *was*, Justus?«

»Deine Klamotten völlig vom Regen durchnässt sind!«

»Auweia …«, schälte sich der Zweite Detektiv aus dem Sessel. Er trat näher an Bob heran. »Das stimmt! Warum erzählst du uns solchen Unsinn, Bob?«

»Aus den gleichen Gründen wie immer, wenn es etwas mit *ihr* zu tun hat!«, platzte es nun aus Bob heraus. »Es ist mir unangenehm, unheimlich und auf verstörende Weise auch irgendwie peinlich, euch damit zu konfrontieren. Und euch somit auch wieder mal …«, er blickte verschämt zu Boden, »… mit hineinzuziehen.«

»Mit hineinzuziehen?«, fragte Peter. »Worein denn?«

»Kannst du es dir nicht denken?«

»Ich stehe vollkommen auf dem Schlauch. Also heraus damit!« Peter leerte den restlichen Inhalt der Coladose in einem Zug, zerdrückte diese in der Hand und beförderte sie mit gekonntem Wurf in den Papierkorb.

»Es handelt sich um Clarissa.«

»Das ist nicht dein Ernst!?«, entwich es dem Zweiten Detektiv entgeistert. »Nur um sicherzugehen, dass ich nicht halluziniere: Du sprichst von *der* Clarissa, deren Nachname *Franklin* lautet?«

Bob nickte.

»Du hast sie doch nicht mehr alle beisammen …«, ließ Peter seinen Empfindungen freien Lauf, während sich auf Justus' Stirn eine tiefe Furche bildete. »Diese niederträchtige Frau hat uns weiß Gott schon allzu oft in größte Schwierigkeiten gebracht! Aber du hast wohl noch immer nicht genug davon!« Seine Stimme überschlug sich vor Erregung. »Dürfte ich deinem Erinnerungsvermögen ein wenig auf die Sprünge helfen? Dieser Frau haben wir es zu verdanken, dass wir damals beinahe in der Flammenhölle umgekommen wären, als sie ihre Komplizin damit beauftragt hatte, unsere Zentrale abzufackeln! Und ich weiß auch noch, wie sie versucht hat …«

»Es ist gut, Peter«, brachte Justus den Zweiten Detektiv zur Räson. »Uns *allen* sind die Machenschaften von Mrs Franklin noch gut im Gedächtnis, und gerade deswegen sollten wir die alten Geschichten nicht wieder ausgraben. Wir sollten sie ruhen lassen.«

»Einverstanden!«, pflichtete ihm Peter wohlwollend bei. »Damit sollte das Kapitel Clarissa Franklin für uns alle drei beendet sein! Für mich ist und bleibt diese Unperson ein für alle Mal gestorben!«

Bob blickte verwundert auf. »Dann … wisst ihr es bereits?«

»Wir – wollen – nichts – mehr – davon – wissen!«, entgegnete Peter gereizt. »Mich packt jetzt noch die blinde Wut, wenn ich daran denke, wie die Franklin die vergiftete Pizza …«

Justus machte ein ernstes Gesicht. »Was ist vorgefallen, Bob?«

Plötzlich überkam den dritten Detektiv ein Gefühl vollkommener Leere, doch er nahm all seine Kraft zusammen und berichtete seinen Freunden, was sich am heutigen Tag ereignet hatte.

Tödliche Stille

»…und dann betrat ich die Zentrale und bemerkte, dass die drei Tonbänder verschwunden waren«, beendete Bob seinen Bericht. »Mir ist klar, dass es ein Fehler war, Clarissas Aufforderung, zu ihrer Beerdigung zu kommen, Folge zu leisten. Nachdem die von ihr angekündigte Person nicht auf dem Friedhof erschienen war, stand mein Entschluss fest, die zwei anderen Tonbänder ungehört in einem Müllcontainer zu entsorgen und das Ganze auf sich beruhen zu lassen.« Er nahm einen Schluck aus seiner Coladose. »Nun hat mir der Dieb die Entscheidung abgenommen. Möge *er* damit glücklich werden!«

»Es ist ja beinahe schon so, als würde sich eine schützende Hand über dir ausbreiten«, bekräftigte Justus. »Offen gestanden wirft mich die Nachricht von Clarissas Ableben ebenfalls gehörig aus der Bahn.«

»*Falls* sie überhaupt verstorben ist«, stellte Peter mit süffisantem Unterton eine These in den Raum. Bob zuckte unwillkürlich zusammen.

»Wie kommst du denn darauf, Zweiter?«

Peter verzog verächtlich die Mundwinkel: »Mrs Franklin hat in der Vergangenheit schon mehrere Mordanschläge inszeniert, bei denen ihr angeblich ein großer Unbekannter nach dem Leben trachtete. Und das nur aus rein egoistischen Rachegelüsten!«

»Ja doch! Ich weiß! Glaubst du etwa, ich hätte das vergessen?«, entgegnete Bob aufgebracht.

»Zumindest machst du den Eindruck auf mich«, redete sich Peter weiter in Rage. »Ich an deiner Stelle hätte diese Bänder gar nicht erst angenommen und diesem Anwalt was gehustet. Vielleicht steckt der sogar mit dieser Teufelspsychologin unter einer Decke. Bei der Franklin müssen wir mit *allem* rechnen!«

»Verstehe, Zweiter«, entgegnete Bob auffallend gelassen. »Clarissas Krebsleiden war ein Bluff, die heutige Beisetzung ein Fake. Da ist die kriminelle Anwaltskanzlei Bumblebee, das korrupte Bestattungsinstitut, der bestechliche Pfarrer und zu guter Letzt der zuständige Arzt, der ihren Tod bestätigt und den amtlichen Totenschein ausgestellt hat: Sie alle stecken unter einer Decke!« Er bedachte Peter mit einem unterwürfigen Augenaufschlag. »Das hätte mir als drittem Mitglied unseres erfolgreichen Detektivtrios natürlich sofort auffallen müssen.«

Nach diesen Worten herrschte in der Zentrale für einige Sekunden betretene Stille. Peter pulte verlegen an seinem eingerissenen Daumennagel.

»Bringen wir das Gespräch wieder auf eine sachliche Ebene«, sagte Justus schließlich, »und wenden uns den Fakten zu. Mir stellt sich zunächst die Frage: Wer hat sich während unserer Abwesenheit Zutritt zu unserer Zentrale verschafft und die drei Tonbänder entwendet? Der- oder diejenige muss aus bisher unerfindlichen Gründen vom *Kalten Tor* gewusst haben und auch, dass sich zu dem besagten Zeitpunkt keiner von uns dreien hier im Wohnwagen aufhielt. Was wiederum die Frage aufwirft, wer überhaupt von der Existenz dieser Tonbänder wusste.«

Plötzlich griff Bob nach dem Anwaltsschreiben, das auseinandergefaltet neben dem Tonbandgerät lag. »Moment mal, Freunde …«

»Wovon sprichst du?«, wollte Peter wissen.

»Als ich in der Kanzlei anrief, um den Termin der Beerdigung zu erfragen, habe ich die Telefonnummer vom Umschlag abgelesen.« Er griff nach dem Kuvert und deutete auf den Stempelaufdruck. »Den darin befindlichen Brief habe ich aber nicht herausgenommen. Doch jetzt, nach meiner Rückkehr vom Friedhof, liegt der auseinandergefaltete Briefbogen neben dem Kuvert.«

Justus knetete an seiner Unterlippe. Das tat er immer, wenn er scharf nachdachte. »Dann weiß der Einbrecher …«

»… oder die Einbrecher*in* …«, setzte Peter spitzfindig hinzu.

»… was in dem Brief steht«, fuhr Justus unbeirrt fort, während er das Schreiben kurz überflog. »Wobei hier lediglich steht, dass du dich bei Mr Bumblebee zu melden hast.«

»Ja, aber wenn ich jetzt noch einmal an das Telefonat mit der Sekretärin denke, hat sie auf meine Fragen äußerst fahrig reagiert«, erinnerte sich Bob. »Den genauen Todestag konnte oder wollte sie mir nicht nennen, und dann ist sie ziemlich ins Stammeln geraten, als ich von ihr wissen wollte, weshalb ich die Bänder denn erst heute erhalten habe, obwohl es Clarissa mit der Kanzlei doch anders vereinbart hatte.«

Der Erste Detektiv horchte misstrauisch auf. »Konnte sie dir dafür eine plausible Erklärung liefern?«

»Nichts dergleichen.« Bob war noch immer völlig neben der Spur. »Darüber wäre ihr nichts bekannt, lautete die lapidare Antwort. Doch wie man es dreht und wendet: Die Bänder sind weg, und meines Erachtens kommt für den Diebstahl am ehesten die Person infrage, von der Mrs Franklin auf der Tonbandnachricht spricht. Sehe ich das richtig?«

»Das denke ich auch«, entgegnete Justus. »Denn da diese Person entgegen Mrs Franklins Ankündigung *nicht* zu ihrer Bestattung erschienen ist, könnte sie stattdessen hier eingedrungen sein, aber es wäre nur eine Theorie von vielen.«

»Mir fällt als mögliche Person sofort ihre ehemalige Freundin und Komplizin Laura Stryker ein«, überlegte Peter. »Aus deren Sicht haben die zwei Unschuldsengel garantiert noch eine Rechnung mit uns zu begleichen.«

»Nein«, widersprach der Erste Detektiv vehement. »Dann hätte Mrs Franklin Bob doch nicht aufgetragen, bei ihrer Beerdigung nach dieser Person Ausschau zu halten.«

Peter sprang so heftig vom Sessel auf, dass seine Freunde erschrocken zur Seite wichen. »Doch! Um uns dazu zu bringen, dort hinzugehen, damit hier sturmfreie Bude herrscht.«

»Dazu hätte sie wissen müssen, dass Bob die Bänder in der Zentrale abhört und hier liegen lässt«, fiel Justus ihm unsanft ins Wort. »Statt weiter irgendwelche Theorien aufs Geratewohl zurechtzuzimmern, sollten wir jetzt zwei Dinge tun: Erstens müssen wir in Erfahrung bringen, weshalb Bob die Tonbänder entgegen Mrs Franklins Auftrag erst heute ausgehändigt bekam, am Tag ihrer Beerdigung.«

Bob nickte. »Und zweitens?«

»Lasst uns Inspektor Cotta aufsuchen, Kollegen. Er wird sicherlich etwas über den Tod von Mrs Franklin in Erfahrung bringen können. Erst dann werden wir entscheiden, wie wir weiter verfahren.«

»Einverstanden, am besten rufst du Cotta gleich an.«

Der Erste Detektiv ließ sich nicht lange bitten. Justus setzte sich auf den klapprigen Bürostuhl, drehte an der Wählscheibe des altertümlichen Telefons und aktivierte anschließend die Lautsprechertaste. So konnten Bob und Peter das anstehende Gespräch mitverfolgen.

Entlassen

»Police Department Rocky Beach, Cotta am Apparat«, meldete sich der Inspektor bereits nach dem ersten Tuten.

»Guten Tag, Inspektor«, begrüßte ihn der Erste Detektiv betont freundlich. »Hier spricht Justus Jonas.«

»Das habe ich bereits an der ersten Silbe erkannt«, ertönte es aus dem Lautsprecher. »Ich war gerade dabei, euch ebenfalls anzurufen. Aber du bist mir mal wieder zuvorgekommen.«

»Das trifft sich ausgezeichnet«, erwiderte Justus. »Denn Bob und Peter sitzen direkt neben mir und können über den Telefonverstärker mithören.«

»Hallo, Inspektor!«, rief der Zweite Detektiv zur Begrüßung. »Was haben Sie denn auf dem Herzen?«

Cotta räusperte sich verhalten. »Es betrifft euch nicht direkt, aber dennoch denke ich, dass ich euch über einen tragischen Vorfall in Kenntnis setzen sollte.«

Justus ahnte, was nun folgen würde. Dennoch gab er sich ahnungslos. »Worum geht es denn?«

»Es handelt sich um Clarissa Franklin. Vor zehn Tagen ist sie in ihrem Bungalow in Little Rampart leblos aufgefunden worden. Die Obduktion ergab ein fortgeschrittenes Krebsleiden. Entschuldigt, dass ich das so nüchtern äußere, aber das bringt mein Beruf nun mal so mit sich.«

»Wer hat sie gefunden?«, fragte Justus. »Ein Nachbar?«

»Nein. Es handelt sich um jemand, der euch noch bestens in Erinnerung sein dürfte: Jack Cliffwater, Mrs Franklins ehemaliger Lebensgefährte und Komplize.«

Für einen Moment verschlug es Justus die Sprache. Er hatte mit allem gerechnet, aber nicht mit diesem Namen.

»Ich muss offen zugeben, dass mich diese Tatsache irritiert, Inspektor. Seit wann befindet sich Mr Cliffwater denn wieder auf freiem Fuß? Wegen seines Mordanschlags auf mich musste er doch eine weitaus längere Haftstrafe verbüßen als Mrs Franklin, oder irre ich mich da?«

»Ich war ebenso erstaunt wie du, Justus, dass er nicht mehr im Gefängnis ist. Deshalb habe ich auch gleich einige Erkundigungen über ihn eingeholt.«

»Und zwar?«, hakte Justus nach.

»Wegen guter Führung wurde Cliffwater vor einigen Tagen früher als vorgesehen aus der Haft entlassen. Zur Wiedereingliederung in die Gesellschaft hat man ihm einen Sozialarbeiter zur Seite gestellt, der ihn unter anderem auch bei der Suche nach einer passenden Wohnung unterstützen soll. Bis diese gefunden ist, hat sich Cliffwater in einem einfachen Motel einquartiert, dem *Ambassador* in Little Rampart.«

Bob horchte misstrauisch auf. »In unmittelbarer Nähe von Clarissas Bungalow? Das wird doch kein Zufall sein, oder?«

»Zufall oder nicht«, ließ Cotta streng verlauten. »Mrs Franklin starb eines natürlichen Todes, daran gibt es nichts zu rütteln, und Jack Cliffwater ist jetzt ein freier Mann. Ihm steht es zu, sich niederzulassen, wo er will. Es erscheint mir zwar ebenfalls recht seltsam, dass ihn sein erster Weg aus dem Gefängnis direkt zu seiner ehemaligen Partnerin geführt hat, da aus den Prozessakten hervorgeht, dass sie ihn während des Gerichtsverfahrens schwer belastet hat. Sie hat ihm damals sämtliche Schuld in die Schuhe geschoben, doch das konnte auch sie nicht vor einer Haftstrafe bewahren.«

»Die Mrs Franklin jedoch auf eigenen Antrag in einer psychiatrischen Einrichtung in Pasadena verbüßen durfte.« Peter stieß einen verächtlichen Laut aus. »Danach jobbte sie als Moderatorin bei einem Fernsehsender und setzte dort als Geisterseherin Astrala ihre Betrügereien fort.«

»Ich weiß ja, dass ihr dabei noch einmal mit ihr aneinandergeraten seid. Aber lasst die arme Seele in Frieden ruhen«, legte Cotta den Jungen nahe. »Die bedauernswerte Frau verstarb still und einsam. Jack Cliffwater wird es ebenfalls nicht leicht haben. Er hat seine Schuld abgesessen, und demnach ist ihm nichts mehr anzulasten. Vergesst euren Groll über das Vergangene! Damit tut ihr euch selbst den größten Gefallen.«

»Danke für den Ratschlag, Inspektor. Die neuen Informationen müssen wir erst einmal sacken lassen«, wich der Erste Detektiv geschickt aus, ohne dabei lügen zu müssen. »Auf alle

Fälle wissen wir jetzt Bescheid, und Bob wird in den entsprechenden Akten einen Vermerk über Mrs Franklins Tod hinzufügen.«

»Sehr gut.« Cotta atmete erleichtert auf. »Trotz der üblen Nachrichten wünsche ich euch noch einen angenehmen Tag. Macht's gut, Jungs.«

Nachdem Justus aufgelegt hatte, wandte er sich seinen Freunden zu. »Na bitte, wer sagt's denn?« Er schnippte mit den Fingern. »Erfolg auf ganzer Linie, Kollegen! Ich verwette meine ganze Wochenration an Erdnüssen darauf, dass es Cliffwater war, der deine Tonbänder gestohlen hat, Bob. Und *die* werden wir uns auf schnellstem Wege wieder zurückholen.«

»Warum bist du dir so sicher, dass Mr Cliffwater den Diebstahl begangen hat, Erster?« Bobs Gesichtsausdruck war ein einziges Fragezeichen. »Er müsste ja einen Grund dafür gehabt haben. Außerdem: Woher sollte er überhaupt von der Existenz der Tonbänder wissen? Geschweige denn, dass sie sich in der Zentrale befanden?«

»Wartet mal …« Peter stützte das Kinn auf die Hand. »Cotta sagte doch, dass Cliffwater die Leiche in ihrem Bungalow auffand und daraufhin sogleich die Polizei verständigte …«

Justus blicke ihn fragend an. »Worauf willst du hinaus, Zweiter?«

»Na ja, es ist doch denkbar, dass er sich in Wahrheit mit dem Anruf noch einige Zeit gelassen hat, um ein wenig in der Bude herumzuschnüffeln. Wer weiß, ob er dabei nicht auf irgendwelche Unterlagen gestoßen ist, aus denen hervorgeht, was auf den Tonbändern zu hören ist und an wen diese nach Mrs Franklins Ableben gehen sollten.«

Justus warf Peter einen anerkennenden Blick zu. »Das würde einiges erklären, Zweiter, und, sofern deine Theorie zutrifft, mir eine Wochenration Erdnüsse sichern.«

Bob grinste verschmitzt. »Sie sei dir von ganzem Herzen gegönnt, Just. Allerdings hat Mr Bumblebee mir und meiner Mum bei der Übergabe der versiegelten Schachtel versichert, dass er nicht weiß, was sich darin befindet. Ich kann mir außerdem nur schwer vorstellen, dass Clarissa so dumm war, irgendwelche schriftlichen Hinweise in ihrem Haus zu hinterlassen. Wir wissen doch, wie gerissen sie war.«

»Vollkommen richtig«, musste Justus eingestehen, während sich Peter enttäuscht in den Sessel zurückplumpsen ließ. »Vielleicht bringt es uns weiter, wenn wir uns zunächst mit der Frage beschäftigen, weshalb dich der Brief der Anwaltskanzlei erst heute Morgen erreicht hat, Bob, obwohl Mrs Franklins Verfügung ihren eigenen Worten nach anders lautete.« Er warf einen prüfenden Blick auf den Wandkalender über dem Kühlschrank. »Laut Cotta trat ihr Tod vor zehn Tagen ein. Großzügig gerechnet könnte es drei Tage gedauert haben, bis diese Information in der Kanzlei einging. Spätestens dann hättest du verständigt werden müssen. Weshalb ließ die Kanzlei so viel Zeit verstreichen, bis sie ihrer Verpflichtung endlich nachkam? Irgendeinen Grund muss es für diese Verzögerung gegeben haben. Und da dir die Sekretärin diesbezüglich auch nichts sagen konnte, ist dir Mr Bumblebee noch eine Erklärung schuldig.«

Peter umfasste die Sessellehnen und schlug die Beine übereinander. »Und denkst du, dass dieser Anwalt den Beerdigungstermin absichtlich verschwiegen hat, um zu verhindern, dass Bob dort auftaucht? Er könnte ja von Mrs Franklins Auftrag an Bob gewusst haben, der *Person* vom Friedhof aus zu folgen.«

»Wir können das zumindest nicht ausschließen«, bekräftigte Justus diese Theorie. »Aufgrund der Informationen von Inspektor Cotta halte ich es aber aus taktischen Gründen für ratsam, Bumblebee erst mit den Unklarheiten seines Verhaltens zu konfrontieren, *nachdem* wir uns Cliffwater vorgenommen und Bobs Eigentum – hoffentlich – wieder an uns gebracht haben.«

»Also los, Freunde!« Peter sprang vom Sessel auf und deutete mit auffordernder Geste zur Bodenluke. »Mein MG ist vollgetankt; das Motel in Little Rampart kenne ich. Wir sollten sofort aufbrechen. Worauf wartet ihr noch?«

Bob fiel es sichtlich schwer, Peters plötzliche Eile nachzuvollziehen. Verstört wandte er sich Justus zu. »Kannst du mir erklären, was mit einem Mal in unseren Zweiten gefahren ist? Normalerweise ist er es doch, der sich mit Händen und Füßen wehrt …«

»Ja, normalerweise! Aber jetzt, wo ich weiß, dass uns diese Pseudo-Psychologin definitiv nicht mehr über den Weg laufen kann und wir uns stattdessen ausschließlich auf Jack Cliffwater stürzen werden, sieht die Sache anders aus. Dieser Typ hätte damals Justus' und mein Licht ausgeknipst, wenn du, Bob, und Inspektor Cotta das nicht gerade noch verhindert hättet. Doch anstatt im Knast zur Besinnung zu kommen, hat dieser Irre anscheinend nichts Besseres zu tun, als uns erneut das Leben schwer zu machen.«

»Wir wissen nur, dass er Clarissas Leiche entdeckt hat«, stellte Bob richtig. »Daraus können wir ihm noch längst keinen Strick drehen.«

»Keine Sorge«, ging Justus beschwichtigend dazwischen. »Wir werden Jack Cliffwater lediglich ein wenig auf den Zahn fühlen. Danach entscheiden wir, wie es weitergeht.«

Peter klapperte erneut mit dem Schlüsselbund und drängte zum Aufbruch. »Gleich überleg ich's mir anders und frage Jeffrey, ob er mit mir surfen will. Echt jetzt, ich meine es ernst!«

Bob zögerte. Doch dann griff Justus nach seinem Arm und zog ihn zur Bodenluke, durch die Peter bereits verschwunden war.

Herzrasen

Das Motel *Ambassador* in Little Rampart war eher einer niedrigen Kategorie zuzuordnen. Der letzte Fassadenanstrich schien schon etliche Jahre her zu sein. Der verwahrloste Pool in der Mitte des Innenhofs war mit einem Drahtgitter umzäunt und für die Motelgäste gesperrt.

In der Lobby, in der trotz der sommerlichen Temperaturen ein behagliches Kaminfeuer vor sich hin prasselte, trafen die drei Detektive keinen Mitarbeiter an. Stattdessen stand auf dem Tresen ein handbeschriebenes Schild mit den Worten: *Bin gleich wieder zurück.* Deswegen entschlossen sich die Jungen kurzerhand, das Zimmer von Jack Cliffwater auf eigene Faust ausfindig zu machen.

Im Innenhof scannte Bob die Türen der oberen drei Laubengänge ab, während Justus und Peter die Türen im Erdgeschoss übernahmen. Der dritte Detektiv legte den Kopf in den Nacken und schob sein Basecap tiefer in die Stirn, da ihn die grelle Nachmittagssonne blendete. Zu dieser Tageszeit wirkte die Motelanlage wie ausgestorben. Plötzlich hielt er inne. Eine der Türen im oberen rechten Abschnitt des Laubengangs stand sperrangelweit offen. Aus dieser Richtung war ein leises elektronisch klingendes Brummen zu vernehmen. Er wandte sich um, formte seine Hände zu einem Trichter und imitierte den Ruf des Rotbauchfliegenschnäppers, um dadurch seine Freunde auf sich aufmerksam zu machen. Dieses Signal hatten sich die drei Detektive vor langer Zeit zu eigen gemacht, um in bestimmten Situationen unauffällig miteinander kommunizieren zu können.

Aus der Ferne kamen Justus und Peter herangelaufen und blickten Bob fragend an. Dieser wies zur geöffneten Tür des gegenüberliegenden Obergeschosses und flüsterte: »Wenn wir etwas erreichen wollen, sollten wir uns als Erstes da oben umsehen, Freunde.«

Justus hob zustimmend den Daumen, und gemeinsam stiegen sie die Treppe hinauf zum obersten Laubengang. An der offenen Tür angekommen sahen sie, wie eine junge Putzkraft ziemlich freudlos den abgenutzten Teppich des Motelzimmers absaugte. Über zwei Ohrstöpsel ließ sie sich dabei mit Musik beschallen, zu der sie ziemlich laut mitsang. Von den drei Detektiven im Türrahmen nahm sie keine Notiz.

Justus betrat das Zimmer und tippte der jungen Frau von hinten sanft auf die Schulter.

Sie unterbrach ihre Gesangskünste und zog genervt den Stöpsel aus dem linken Ohr. »Ja …? Was gibt's denn?«

»Entschuldigen Sie vielmals die Störung, Miss. Ich habe nur

eine kurze Frage«, rief er laut gegen das Brummen des Staubsaugers an.

»Nur zu!«

»Ich bin auf der Suche nach meinem Onkel«, log er dreist und versuchte, dabei verzweifelt zu wirken. »Er heißt Jack Cliffwater und ist in diesem Motel abgestiegen. Ich bin hier mit ihm verabredet, aber dummerweise hat er versäumt, mir die Zimmernummer zu nennen. Und an der Rezeption ist niemand.«

»Cliffwater, sagtest du?« Erst jetzt bequemte sie sich dazu, den Staubsauger auszuschalten, griff nach einer Liste auf ihrem Rollwagen und studierte die eingetragenen Namen. »Bingo. Da bist du in diesem Zimmer genau richtig.«

Jetzt betraten auch Peter und Bob das Zimmer. Bedacht darauf, sich einen raschen Eindruck zu verschaffen, blickte sich der Zweite Detektiv in der heruntergekommenen Räumlichkeit unauffällig um, während Justus alles daransetzte, die Frau in ein ablenkendes Gespräch zu verwickeln.

»Mein Onkel hat ja lange Zeit im Ausland verbracht und ist erst vor Kurzem wieder nach Kalifornien zurückgekehrt. Er schwärmt sehr für Europa.«

Sie zuckte desinteressiert mit den Schultern.

Peter schlenderte derweil durch das Zimmer und hielt nach Cliffwaters privaten Gegenständen Ausschau. Auf einem kleinen Schreibtisch vor dem Fenster zum Laubengang lag ein zusammengeklappter Laptop, der Displaydeckel stark zerkratzt und abgewetzt.

»Ich persönlich habe ja meine Liebe für Schottland entdeckt«, setzte Bob das Ablenkungsmanöver fort, dem die Putzkraft jedoch nur ein demonstratives Gähnen entgegenzusetzen hatte.

Peters Blicke wanderten weiter. Neben dem Bett auf dem Nachttisch lag ein Stapel zusammengefalteter Zeitungen. Daneben einige Rätselhefte und ein Kugelschreiber. Nichts von Interesse. Doch dann stutzte er: Zwischen den Heften lugte ein brauner, glänzender Streifen hervor, hauchdünn und so schmal wie ein Bleistift. Vorsichtig trat der Zweite Detektiv näher, und schob die oberen Rätselhefte zur Seite. Er erstarrte. Es war das Ende eines Tonbandes, das aus einer Pappschachtel heraushing. Peter wandte den Kopf. Die junge Frau stand mit dem Rücken zu ihm. Diese Gelegenheit musste er nutzen. Er griff nach der Schachtel und war gerade im Begriff, sie unter seinem T-Shirt verschwinden zu lassen, als er entsetzt zusammenfuhr.

»Was zum Teufel habt *ihr* hier zu suchen?«

Erschrocken starrten die vier zur Eingangstür. In deren Rahmen war urplötzlich ein Mann aufgetaucht, der die drei Detektive mit hasserfülltem Blick taxierte. Wutschnaubend kam er näher und hob angriffslustig den Arm. Die junge Frau wich ängstlich zurück. Doch Justus ließ sich von dieser Drohgebärde nicht einschüchtern. Geistesgegenwärtig streckte er dem Mann zur Begrüßung die Hand entgegen und rang sich zudem noch ein Lächeln ab.

»Hallo, Onkel Jack! Wer hätte gedacht, dass wir uns nach so langer Zeit noch einmal wiedersehen?«

Simpler Bluff

»Onkel Jack?« Der Mann, der vor Sekunden noch zu jeglicher Gewalt bereit zu sein schien, ließ verdutzt den Arm sinken. »Was hat das zu bedeuten?«

Der Erste Detektiv fixierte sein Gegenüber mit stechendem Blick und machte mit einem diskreten Fingerzeig deutlich, dass es für alle Beteiligten von Vorteil wäre, mitzuspielen; zumindest in Gegenwart der Putzkraft.

Der Mann schien die Botschaft verstanden zu haben, denn er lachte kurz auf. »Ein kleiner Scherz, mein lieber Neffe.« Liebevoll tätschelte er Justus die Wange. »Seit unserer letzten Begegnung hast du aber noch mal gehörig zugelegt. Zu viele Hamburger, was?«

Justus ließ diese Schmach widerwillig über sich ergehen, zwang sich ein Grinsen ab und parierte die Dreistigkeit mit einer Retourkutsche. »Dafür bist du auf dem Kopf aber reichlich grau geworden, Onkel, oder nennt man das jetzt silbern?«

»Also ich bin jetzt durch hier!« Die junge Frau zog den Stecker des Staubsaugers aus der Steckdose und verfrachtete diesen auf das Untergestell ihres Putzwagens. Ohne sich zu verabschieden, drückte sie den zweiten Ohrstöpsel wieder ins Ohr und schob den Putzwagen hinaus auf den Laubengang.

Anschließend schloss Justus die Tür. »Na dann …« Ohne zu fragen, ließ er sich auf das frisch bezogene Bett plumpsen. »Jetzt, da wir unter uns sind, können wir endlich Tacheles reden. Gratulation zur vorzeitigen Haftentlassung, Mr Cliffwater!«

Der ehemalige Liebhaber und Komplize von Clarissa Franklin verzog keine Miene. »Woher wisst ihr davon?«

»Haben Sie vergessen, dass wir Detektive sind? Zumal wir drei es ja waren, die Ihren skrupellosen Machenschaften damals ein Ende bereitet haben. Dachten wir zumindest …«

»Was wollt ihr damit sagen?« Jack Cliffwaters Lippen verkrampften sich zu einem dünnen Strich. »Heraus damit!«

Äußerlich blieb Justus noch immer gelassen. »Sie scheinen mir recht risikofreudig zu sein. Wie sonst ließe es sich erklären, dass Sie nach Ihrer Entlassung gleich wieder einen Einbruch begehen und damit in Kauf nehmen, umgehend wieder hinter Gittern zu landen.«

»Ich habe nicht den blassesten Schimmer, von was für einem Einbruch du da redest«, verteidigte sich Cliffwater.

»Dem in unserer Detektivzentrale. Heute Mittag. Was hat Sie dazu bewogen, die Tonbänder an sich zu nehmen? Es ist vollkommen sinnlos, die Sache zu leugnen, Mister, denn uns liegt ein unumstößlicher Beweis vor, dass Sie den Diebstahl verübt haben!«, rief Justus selbstbewusst.

Cliffwater schnappte verunsichert nach Luft. »Ein Beweis? Ihr könnt mir viel erzählen!«

»Ihnen oder der Polizei. Es liegt in Ihrer Hand, ob wir Inspektor Cotta das belastende Material zukommen lassen oder Sie uns stattdessen reinen Wein einschenken.«

»Was habt ihr gegen mich in der Hand?«

Justus setzte seinen Bluff fort. »Die Videoaufzeichnung der Überwachungskamera unserer Zentrale. Wie hätten wir sonst wissen können, dass Sie der ominöse Einbrecher sind?«

Cliffwater lief rot an. Niedergeschlagen ließ er sich auf den Stuhl sinken, griff nach einem T-Shirt und tupfte sich damit den Schweiß von der Stirn. »Und weshalb kreuzt ihr jetzt *hier* auf, statt mit eurem Beweisstück direkt zur Polizei zu stiefeln?«

»Weil es uns in erster Linie um die Tonbänder geht«, ließ Justus wahrheitsgemäß verlauten. »Wenn wir die von Ihnen zurückerhalten und Sie uns zudem noch den Grund Ihres Diebstahls nennen, wären wir unter gewissen Umständen dazu bereit, die Polizei vorerst aus dem Spiel zu lassen.«

»*Unter gewissen Umständen* und *vorerst*?«, argwöhnte Cliffwater. »Was willst du damit sagen?«

»Sollte sich herausstellen, dass Sie sich außer dem Diebstahl keines weiteren Verbrechens schuldig gemacht haben, würden wir Sie nicht bei der Polizei anschwärzen. Darauf gebe ich Ihnen mein Wort.« Justus machte eine kurze Pause. »Und? Ist das ein Deal?«

Mr Cliffwater hielt einen Moment inne. Doch dann nickte er schließlich und ging auf das Angebot ein.

»Gut.« Ächzend erhob sich Justus vom Bett. »Dann kommen wir als Erstes zur Übergabe der Tonbänder. Dürfte ich bitten, Mister?«

»Eines habe ich bereits entdeckt«, triumphierte Peter und zog die Schachtel unter seinem T-Shirt hervor. »Es war zwischen den Rätselheften auf dem Nachtschrank versteckt.« Er reichte Bob die Schachtel. »Hier hast du dein Eigentum zurück.«

»Dürfte ich auch um die zwei weiteren Bänder bitten, Mister Cliffwater?«, bemerkte Justus spitz.

»Sicher doch«, willigte dieser geknickt ein. »Sie liegen im Kofferraum meines Mietwagens. Von mir aus können wir gleich runtergehen.«

Justus stutzte. »Im Kofferraum? Wie … kommt es dazu?«

Ein leichtes Zucken umspielte Cliffwaters Mundwinkel. »Wozu …? Ich … verstehe nicht ganz.«

»Ich aber«, schlussfolgerte Peter, während er sich zu Justus gesellte. »Wieso stiehlt man drei Schachteln mit Tonbändern, nimmt aber nur eines davon mit hierher ins Motelzimmer und lässt die beiden anderen im Kofferraum liegen?«

»Das kann ich dir sagen, du Schlaumeier.« Cliffwater erhob sich vom Stuhl und öffnete den oberen Knopf seines Hemdes. »Um die Bänder abzuhören, fehlt mir ein entsprechendes Abspielgerät, denn das in eurer Zentrale war mir zu sperrig, um es mitzunehmen. Deshalb wollte ich mir eins im Internet bestellen. Eine Spule brauchte ich, um den Gerätetyp zu ermitteln. Danach hätte ich das Band wieder zu den anderen beiden in den Kofferraum gelegt, da mir dieses Versteck sicherer erschien als hier in meinem Zimmer, wo die Putzkraft ein und aus geht. Wenn ihr mir nicht glaubt, könnt ihr auf meinem Laptop gern den Browserverlauf checken.«

Justus winkte wohlwollend ab. »Nicht nötig. Wir gehen jetzt runter zu Ihrem Wagen. Sie geben uns die Bänder, wir setzen uns ein wenig in die Sonne, und dann erzählen Sie uns alles, was wir wissen wollen. Einverstanden?«

Cliffwater nickte und zog seinen Wagenschlüssel aus der Tasche. »Gehen wir, Jungs!« Er öffnete die Tür. Über die Treppe folgten ihm die drei Detektive zu seinem Fahrzeug.

»Im Grunde muss ich euch dankbar sein, dass ihr hier aufgekreuzt seid, anstatt euch an die Polizei zu wenden …«, machte er seinem Herzen Luft und ging auf einen anthrazitfarbenen Honda zu. Ohne den elektrischen Türöffner zu betätigen, öffnete er den Kofferraum. »Es war ein schwerer Fehler, mir einzubilden, dass ich …« Schlagartig hielt er inne und stieß einen entgeisterten Laut aus. »Oh … Das darf doch nicht wahr sein!«

»Was ist los?«, fragte Peter und trat neugierig näher.

»Die Schachteln … die Tonbänder …« Cliffwater starrte fassungslos in den leeren Kofferraum. »Sie sind verschwunden!«

Unstimmigkeiten

Aufgebracht schubste Cliffwater den Zweiten Detektiv zur Seite, öffnete die hintere Wagentür und warf einen prüfenden Blick auf die Rücksitze. »Hier sind sie auch nicht. Man hat mich bestohlen!«

Der Erste Detektiv knetete nachdenklich seine Unterlippe. »Befanden sich die beiden Schachteln mit den Tonbändern nun hinten im Kofferraum oder dort auf den Rücksitzen, Mister? Sie scheinen sich da wohl nicht ganz sicher zu sein.«

Cliffwaters Oberhemd war vollkommen durchgeschwitzt. »Ich weiß es nicht mehr. Bei dieser Affenhitze schmilzt einem ja förmlich das Hirn weg …«

Das ließ Justus vorerst so stehen. »Demnach ist außer uns vieren zumindest noch eine weitere Person im Spiel, die ein großes Interesse an Mrs Franklins Tonband-Hinterlassenschaft hegt und wie Sie, Mister, dafür einen Diebstahl begangen hat. Haben Sie einen Verdacht, um wen es sich bei dieser Person handeln könnte?«

»Wohl kaum, Erster«, übernahm Peter die Antwort. »Denn sonst hätte er die Bänder ja nicht so leichtsinnig in einem unverschlossenen Kofferraum liegen lassen.«

Cliffwater nickte. »So ist es. Ich hatte die Türen des Wagens tatsächlich nicht verriegelt. Wie hätte ich denn auch ahnen sollen, dass …« Er ließ den Satz unbeendet und richtete seine Aufmerksamkeit auf einen Motorradfahrer, der soeben durch die Toreinfahrt auf den Innenhof gebraust war. Er kam direkt neben Cliffwaters Mietwagen zum Stehen.

»Auweia, den hatte ich ja ganz vergessen!«

Justus konnte mit dieser Bemerkung wenig anfangen. »Wer ist das?«, fragte er Cliffwater leise.

Doch schon war der Mann von seinem Motorrad gestiegen und nahm seinen Helm ab. »Hallo, Jack! Sorry, dass du warten musstest. Aber wie ich sehe, wurde es dir nicht langweilig.«

»Ja … ähm …«, stammelte Cliffwater verunsichert und wies dabei auf den jungen Mann in Motorradkluft. Rote Jacke, grüne Hose und schwarze Stiefel. »Darf ich vorstellen, Jungs? Das ist Ray. Ray Sheppert. Er ist Sozialarbeiter und vom Gericht beauftragt worden, mir nach der Haftentlassung ein wenig zur Seite zu stehen. Momentan unterstützt er mich bei der Wohnungssuche.«

Mr Sheppert lächelte freundlich und strich sich durch die blond gelockten Haare, die vom Tragen des Motorradhelms völlig platt gedrückt waren. »Ich will ja keine ungemütliche Stimmung verbreiten, Jack, aber wir sollten den Makler nicht unnötig warten lassen. Können wir gleich aufbrechen?«

»Äh … nun ja …«, druckste dieser verlegen, während er sich kleinlaut den Jungen zuwandte. »Wäre es okay, wenn wir unser Interview … vielleicht … auf morgen Nachmittag verschieben könnten?«

»Kein Problem, Mister«, entgegnete Justus großzügig. »Die Wiedereingliederung in Ihr gewohntes Alltagsleben hat schließlich Vorrang, und je eher Sie eine eigene Unterkunft finden, desto besser.«

Cliffwater atmete erleichtert auf. »Gut, dass ihr so flexibel seid. Und wie erreiche ich euch am besten?«

Aus seiner Gesäßtasche zog Justus eine zerknitterte Visitenkarte hervor und reichte sie Cliffwater.

»Auf der Rückseite befindet sich unsere Telefonnummer«, fügte Peter erklärend hinzu und fixierte Cliffwater mit stechendem Blick. »Rufen Sie uns am besten noch heute an, damit wir den Termin festmachen können.«

»In Ordnung«, schien Cliffwater den eindringlichen Wink

verstanden zu haben. »Ihr könnt euch auf mich verlassen!« Er steckte die Visitenkarte in die Brusttasche seines Hemdes und öffnete die Fahrertür seines Wagens. »Dann lass uns losfahren, Ray, die Hitze hier draußen bringt mich noch um!«

Der Sozialarbeiter sicherte sein Motorrad, verabschiedete sich von den drei Jungen und stieg zu Cliffwater in den Wagen.

Bob wartete, bis das Fahrzeug das Motelgelände verlassen hatte. Sein Misstrauen war ihm deutlich anzusehen. »Glaubt ihr, dass Cliffwater uns die Wahrheit gesagt hat, Freunde?«

»Dass ihm jemand die Tonbänder aus dem Kofferraum geklaut hat?« Der Erste Detektiv zog die Stirn in Falten. »Ich bin mir nicht sicher, Kollegen. Wenn nicht, ist er ein verdammt guter Schauspieler. Aber wir kennen diesen Mann nicht gut genug, um darüber ein klares Urteil fällen zu können. Daher gilt für mich die Devise: Vertrauen ist gut – Kontrolle ist besser!«

»Was willst du damit sagen?«

»Ganz einfach, Peter.« Justus deutete unauffällig zum Laubengang hinauf. »Cliffwater konnte vorhin nicht verhindern, dass du in seinem Zimmer zumindest *eins* von den drei Bändern gefunden und an dich genommen hast. Plausibel ist, dass er sich in der kurzen Zeit noch kein Tonbandgerät beschaffen konnte, um die Bänder darauf abzuspielen. Notgedrungen musste er uns also mit dem einen Band abziehen lassen.«

»Womit sich die Frage stellt, ob Cliffwater die zwei anderen Bänder tatsächlich gestohlen wurden«, argwöhnte Bob, »oder sie sich noch versteckt in seinem Zimmer befinden.«

»Damit er sich die Aufnahmen, sobald er im Besitz eines Abspielgeräts ist, ungestört in aller Ruhe anhören kann.«

»Genau auf dieser Theorie beruht mein Plan, Kollegen.« Justus war Feuer und Flamme. »Und die Gelegenheit könnte nicht günstiger sein! Bob, du hältst hier unten die Stellung, während Peter und ich uns nochmals in Cliffwaters Zimmer nach den Bändern umsehen. Erst dann werden wir Gewissheit haben, ob er uns belogen hat oder nicht.«

»Und wie gedenkst du da ohne Dietrich hineinzukommen?«

Mit dieser Frage hatte der Erste Detektiv nicht gerechnet. Er machte ein selten dämliches Gesicht. »Ohne Dietrich? Was soll das heißen, Zweiter?«

Peter zog die leeren Innentaschen seiner Jeans hervor. »Ich muss euch leider enttäuschen. Ich habe heute Morgen die Hose gewechselt und vergessen, den Dietrich wieder einzustecken. Sorry, ich bin echt ein Schussel.«

Justus stampfte grimmig mit dem Fuß auf.

Gerade eben konnte Bob Justus mit einem Grinsen von seiner Strafpredigt abhalten. »Es gibt nicht den geringsten Anlass, Trübsal zu blasen, denn der Zufall meint es gut mit uns!«

»Inwiefern?«, erkundigte sich Justus trocken. Er hasste es, wenn ein geplantes Vorhaben scheiterte.

»Seht ihr die umkringelte Ziffer auf der Vorderseite des Tonbands? Leicht zu erkennen eine Zwei. Und da ich das erste Tonband bereits gehört habe, halte ich hier die Fortsetzung von Clarissas Monolog in den Händen. Demnach fehlt uns jetzt nur noch das Band Nummer drei.«

Der Zweite Detektiv horchte verwundert auf. »Hattest du nicht vor zwei Stunden beschlossen, die Bänder ungeprüft im Müllcontainer zu entsorgen?«

»So ist es«, gab Bob unumwunden zu. »Aber jetzt habe ich meinen Entschluss geändert. Wir fahren zum Schrottplatz zurück und hören uns in der Zentrale gemeinsam an, was mir Clarissa vor ihrem Tod unbedingt noch mitteilen wollte.«

Eiskalte Schauer

Die Sonne senkte sich bereits dem Horizont entgegen, als die drei Detektive beim Gebrauchtwarencenter T. Jonas ankamen und sich geradewegs in die Zentrale verzogen.

Justus hatte sich in der Zwischenzeit wieder etwas beruhigt, obwohl er sich immer noch fragte, wie Peter so unprofessionell sein konnte.

Zunächst bereitete Bob in der Zentrale einen Tee zu. Ihm war wohler zumute, wenn er sich beim Abhören des Bandes an etwas festhalten konnte, selbst wenn es sich dabei nur um einen simplen Becher handelte.

Peter war schon jetzt in Habachtstellung und ganz und gar nicht erpicht darauf, Mrs Franklins Stimme lauschen zu müssen.

Nachdem Bob sich und seinen Freunden den Tee eingeschenkt hatte, legte er das Band ins Tonbandgerät ein, atmete noch einmal tief durch und drückte mit einem mulmigen Gefühl auf die Starttaste.

»*Hallo, Bob, da bin ich wieder …*«, ertönte die resignierte Stimme der ehemaligen Psychologin aus dem Lautsprecher. Bereits nach diesem Satz richteten sich Bobs Nackenhaare auf und erzeugten ein unangenehmes Kribbeln.

»*Heute ist der neunzehnte Juni. Halb fünf. Nachmittag. Du hörst es vielleicht, das Atmen fällt mir zunehmend schwerer. Verzeih mir die rüde Ausdrucksweise, aber es geht mir wirklich beschissen. Nun schmeckt mir selbst der Rotwein nicht mehr. Ich lausche dem Ticken meiner inneren Uhr. Unaufhaltsam geht es dem Ende entgegen …*«

Nun lief auch dem Zweiten Detektiv ein eiskalter Schauer über den Rücken. Er hatte sich auf dem Sessel niedergelassen und zog beklommen die Knie an seinen Bauch.

»*Hör mir zu, Bob*«, fuhr Mrs Franklin in leisem Tonfall fort. »*Diese Person ist unerwartet erneut hier aufgetaucht. Ihre Strategie ist nun, mich mit gespielter Anteilnahme und Mitgefühl dazu zu bewegen, die alles umfassende Wahrheit, die vor allem dich betrifft, Bob, auf ewig im Verborgenen ruhen zu lassen.*« Sie atmete tief durch. »*Doch dazu ist mein Gewissen nicht fähig, zumal ich immer mehr der Überzeugung bin, dass er für sein Vergehen zur Verantwortung gezogen werden muss, wenngleich ich das wohl selbst nicht mehr miterleben werde …*«

Irritiert blickte Peter zu seinen Freunden, doch weder Justus noch Bob reagierten darauf. Ihre Aufmerksamkeit war ganz auf Mrs Franklins Worte gerichtet, die sich nun, akustisch hörbar, vom Stuhl erhob, diesen ein Stück zur Seite rückte und sich mit kurzen Schritten vom Mikrofon entfernte.

Kurz darauf ertönte ein leises Klacken. Eine plötzliche Stille trat ein. Die Schritte kehrten zurück, abermals rückte der Stuhl und Mrs Franklin räusperte sich verhalten.

»*Entschuldige, aber meine Kehle ist vollkommen ausgetrocknet. Ich habe mir nur kurz ein Wasser geholt.*« Sie drehte am Schraubverschluss einer Flasche, schenkte die Flüssigkeit in ein Glas und nahm mehrere Schlucke. »*Ahh … das tat gut! Doch jetzt komme ich zu einem ausschlaggebenden Punkt: Um die Person in Sicherheit zu wiegen, habe ich ihr einen Handel angeboten, der sie notgedrungen zwang, sich darauf einzulassen.*

Und genau dieser Pakt wird dich davor schützen, Bob, in naher Zukunft ungebetenen Besuch zu erhalten, der dich unter Androhung von Gewalt dazu nötigen könnte, ihm diese Tonbänder, die ich hier für dich bespreche, auszuhändigen. Deshalb lautet trotz aller von mir in die Wege geleiteten Sicherheitsvorkehrungen der dringende Appell an dich: Lösche umgehend die Bänder, nachdem du sie abgehört hast! Überspiele sie am besten mit unverfänglicher Musik! Sollte es wider Erwarten dennoch zwischen euch beiden zu einer persönlichen Konfrontation kommen, lass dich keinesfalls auf etwaige Diskussionen ein und spiele den Unwissenden. Ich weiß, dass du das kannst, Bob.«

»Was meint sie damit?«

»Still, Zweiter!«, zischte Justus.

»*Noch gehe ich davon aus, alles unter Kontrolle zu haben. Die Person war zudem so unklug, mir sogar schriftlich zu drohen!*«, holte Mrs Franklin weiter aus und schnappte angestrengt nach Luft. »*Und dieses Dokument wird die Schlinge um seinen Hals noch fester zuziehen. Sobald du dieses Beweisstück nebst der Tablettendose mit den Fingerabdrücken an dich gebracht hast, bist du auf der sicheren Seite.«*

Tablettendose? – Bob fühlte sich in seiner Haut zunehmend unwohler. Es juckte ihn gehörig in den Fingern, das laufende Tonband mit einem einzigen Druck auf die Stopp-Taste auszuschalten, weil ihn mit einem Mal das negative Gefühl beschlich, dass Mrs Franklins mündliche Aufzeichnungen sich schon in wenigen Augenblicken dem Thema zuwenden würden, das sie bereits auf dem ersten Band angedeutet hatte: ein einschneidender Vorfall aus weiter Vergangenheit, in dem sowohl Clarissa als auch er selbst und die geheimnisvolle Person eine wichtige Rolle zu spielen schienen. Und daran, dass mit dieser besagten Person Jack Cliffwater gemeint war, ließ sich wohl nicht mehr zweifeln … Doch warum sollte der damalige Komplize und Liebhaber nach all den Jahren noch immer mit aller Macht verhindern wollen, eine vermutlich längst verjährte Begebenheit auch weiterhin zu vertuschen? Wo bestand zwischen ihnen dreien eine Verbindung?

Mit einem Mal manifestierte sich in Bobs Kopf ein völlig abwegiger und zugleich schockierender Gedanke …

»*Wie schon gesagt, war es mir bisher nicht möglich, die Adresse der Person zu ermitteln*«, katapultierte die Stimme aus dem Lautsprecher den dritten Detektiv in die Wirklichkeit zurück. »*Doch ich setze noch immer voll und ganz auf dein detektivisches Geschick.*« Sie nippte an ihrem Wasser. »*Zwischenzeitlich wirst du dich wohl gefragt haben, warum der Auf-*

enthaltsort dieser Person so außergewöhnlich wichtig für dich ist, oder? Dafür gibt es eine plausible Erklärung: Das Subjekt wird nach meinem Ableben alles daransetzen, die belastenden Beweismittel an sich zu bringen, und deshalb an allen in Betracht kommenden Orten und Stellen danach suchen. Jedoch mit einer Ausnahme: in seinem eigenen Unterschlupf! Und dort befinden sich bereits die Corpora Delicti.«

Durch und durch durchtrieben

Mrs Franklins letzte Äußerung stieß bei den drei Detektiven auf größte Verwunderung. Hatte sie nicht eben erwähnt, über den momentanen Aufenthaltsort des Subjekts nicht in Kenntnis zu sein? Wie konnte sie dann davon ausgehen, dass sich die besagten Beweisstücke bereits in der Unterkunft der Person befinden würden?

»*Seitdem ich mir letztes Jahr den neuen Teppich im Wohnzimmer angeschafft habe, muss sich jeder Gast die Schuhe ausziehen, damit die kostspielige Auslegeware nicht ruiniert wird*«, setzte Mrs Franklin mit spitzem Unterton zur Erklärung an. »*Als mir dieser ungebetene Besuch hier zum zweiten Mal auf die Pelle rückte und sich während seines kurzen Aufenthaltes dazu noch erdreistete, meine Toilette zu benutzen, habe ich geistesgegenwärtig reagiert und die Gelegenheit beim Schopf gepackt: Das belastende, von ihm handschriftlich verfasste Dokument ließ sich binnen weniger Sekunden klein zusammengefaltet problemlos unter die Einlegesohle seines rechten Schuhs schmuggeln.*

Beiges Wildleder, rote Schnürsenkel, schwer zu verwechseln. – Bei der kleinen Tablettendose aus Plastik, auf der sich zweifelsohne seine Fingerabdrücke befinden, musste ich noch etwas geschickter vorgehen. Doch dank einer spontanen Eingebung ergab sich auch hierzu eine geschickte Lösung! Seine olivfarbene Trekkingjacke mit den vielen praktischen Taschen war mir geläufig. Ebenso die darin raffiniert konzipierte Geheimtasche, denn ich besitze zufällig das gleiche Modell. Erst beim Waschen dieser Jacke entdeckte ich das geniale Versteck im Innenfutter. Unterhalb des rechten Armlochs befindet sich ein verdeckter Eingriff, der bis zum Jackensaum reicht. Ich gehe davon aus, dass das Subjekt nichts davon weiß. In dieser Tasche wirst du die kleine Tablettendose finden. Damit die Dose keine Geräusche macht, habe ich sie mit Watte ausgepolstert und die Tabletten, oder was man mir als solche unterjubeln wollte, daraufgelegt.«

Der Zweite Detektiv stieß einen überraschten Pfiff aus. »Wie durch und durch durchtrieben ist das bitte?«

»*Wie dem auch sei!*«, erweckte es beinahe den Eindruck, als würde Mrs Franklin Peters Frage zynisch kommentieren. »*Ich überlasse es deiner eigenen Intuition, ob du dir diese Beweisstücke zu eigen machen willst, sie einem Gericht vorlegst oder die Entscheidung fällst, die Vergangenheit auf sich beruhen zu lassen. Doch im letzteren Fall würdest du somit auch eine Mitverantwortung dafür tragen, dass mein vorzeitig in die Wege geleitetes Ableben durch Fremdeinwirkung ungesühnt bleibt. Es liegt alles in deiner Hand … ebenso wie der Entschluss, ob du dir nun auch das dritte Band anhören möchtest, auf dem ich dich mit der Wahrheit konfrontieren werde, wobei ich mir nicht sicher bin, ob du den daraus folgenden Schock wirst verarbeiten können ...«*

Aus dem Lautsprecher ertönte ein leises Stoffrascheln, ein Stuhl wurde zur Seite gerückt, dann zwei kurze Schritte.

Die Tonbandspule lief aus und stoppte automatisch. In der Zentrale wurde es totenstill. Zumindest für einige Sekunden.

Bob wurde kreidebleich, während Peter konfus die Wangen aufblähte.

»Ein Schock? Mein lieber Mann, das ist aber wirklich knallharter Tobak!«

»Ganz meine Meinung«, urteilte Justus rational. »Wobei wir noch immer nicht wissen, was das Geheimnis oder die Wahrheit sein soll.«

»Und in die Bob auf seltsame Weise verwickelt sein muss«, fügte Peter hinzu. »Er, die Franklin und Cliffwater. Es steht ja wohl außer Frage, dass es sich um ihn handeln muss. Aber außer vagen Andeutungen hat sie darüber bisher noch nichts Wesentliches ausgespuckt!«

Erst jetzt nippte Bob an seinem Tee. Inzwischen war dieser lauwarm geworden. »Dieses Sahnebonbon hat sie sich ja für das dritte Tonband aufgehoben. Doch offen gestanden passt es mir ganz gut in den Kram, dass das jetzt zum wiederholten Mal gestohlen wurde.«

»Bleiben wir zunächst noch bei Tonband Nummer zwei«, ließ sich Justus nicht aus dem Konzept bringen. Er trat an den

Schreibtisch heran und wies auf das Abspielgerät. »Spul das Band mal ein Stück zurück, Bob.«

»Ein Stück zurück?« Er stutzte. »Wozu?«

»Da gab es eine Stelle, die mir etwas seltsam vorkam.«

»*Eine* Stelle?«, sah Peter auf. »Wenn du mich fragst, war das *ganze* Gefasel ziemlich seltsam. Und unheimlich noch dazu!«

Bob hatte bereits auf die Taste gedrückt und ließ das Band zurückspulen. »Sag mir Bescheid, wann ich stoppen soll, Erster.«

Justus ließ einige Sekunden verstreichen, wippte dabei nervös mit dem Fuß und fixierte die rotierenden Spulen. »Jetzt!«

Bob drückte auf *Stop*, anschließend auf *Play*.

»*Seine Strategie ist nun, mich mit gespielter Anteilnahme und Mitgefühl dazu zu bewegen, die alles umfassende Wahrheit, die vor allem dich betrifft, Bob, auf ewig im Verborgenen ruhen zu lassen …*«

»Das ist exakt die richtige Stelle!«, rief Justus. »Gleich passiert es!«

»*Doch dazu ist mein Gewissen nicht fähig, zumal ich immer mehr der Überzeugung bin, dass er für sein Vergehen zur Verantwortung gezogen werden muss, wenngleich ich das wohl selbst nicht mehr miterleben werde …*«

Der Erste Detektiv hob warnend die Hand. »Äußerste Konzentration jetzt!«

Erneut lauschten die drei Detektive, wie sich Mrs Franklin von ihrem Stuhl erhob und sich dann einige Schritte vom Mikrofon entfernte. Wieder erfolgte das undefinierbare Klacken.

»Was macht sie da?«, fragte Justus in die Runde.

Die Schritte kehrten zurück. Abermals rückte der Stuhl und Mrs Franklin räusperte sich verhalten. *»Entschuldige, aber meine Kehle ist vollkommen ausgetrocknet. Ich habe mir nur kurz ein Wasser geholt.«*

»Sie sagt es doch selbst«, stellte Peter nüchtern fest. »Was findest du an diesem Vorgang so seltsam, Just?«

»Irgendetwas stimmt da nicht, Kollegen. Fahr das Band bitte noch mal zu selben Stelle zurück, Bob.«

Bob tat wie ihm geheißen.

»Doch dazu ist mein Gewissen nicht fähig, zumal …«

»Dreh den Lautstärkeregler höher!«, zischte Justus aufgeregt.

Bob spulte erneut zurück und die drei Detektive spitzten gespannt die Ohren.

»… ich immer mehr der Überzeugung bin, dass diese Person für ihr Vergehen zur Verantwortung gezogen werden muss, wenngleich ich das wohl selbst nicht mehr miterleben werde …«

»Da sind im Hintergrund leise die Sirenen eines Feuerwehrwagens zu hören!«, bemerkte Bob mit einem Stirnrunzeln.

Justus nickte, während aus dem Lautsprecher die sich entfernenden Schritte und das anschließende Klacken erklangen. »Und nach dem klackenden Geräusch brechen die leisen Vogelstimmen und die entfernten Signale der Feuerwehrsirenen schlagartig ab. Demnach hat die Gute das geöffnete Fenster ihres Zimmers geschlossen, statt sich entsprechend ihrer Behauptung eine Flasche Sprudelwasser geholt zu haben.«

»Moment mal, Erster …« Bob schaltete das Tonbandgerät ab.

»Zunächst spreche ich dir ein großes Lob aus: Du verfügst über ein bemerkenswertes Gehör, keine Frage! Aber musst du Clarissa deshalb gleich einer Lüge bezichtigen? Vermutlich hat sie sich tatsächlich von ihrem Stuhl erhoben, um eine Flasche Wasser zu holen, die sich auf der Fensterbank befunden hat. In diesem Moment vernahm sie von draußen die Feuerwehrsirenen und hat sich dann dazu entschlossen, das Fenster zu schließen, damit die Störgeräusche von außen nicht mit aufs Tonband kommen.«

»Clarissaaa!«, flötete Peter zynisch in hoher Tonlage. »Unser Dritter nennt unsere ehemalige Oberfeindin noch immer bei ihrem Vornamen, falls dir das noch nicht aufgefallen ist!«

Der Erste Detektiv knetete nachdenklich seine Unterlippe.

»Selbst nach ihrem Ableben verteidigst du Mrs Franklin anscheinend noch immer bis aufs Messer. Aber du musst doch zugeben, dass …«

Bob war gerade im Begriff, verbal zum großen Gegenschlag auszuholen, doch das plötzliche Klingeln des Telefons hielt ihn davon ab.

Justus streckte bereits die Hand nach dem Hörer aus.

Der Erste Detektiv drückte den Schalter des Verstärkers und hob den Hörer. »Ja, Justus Jonas von den drei Detektiven?«

»Ich bin's, Jungs«, meldete sich der Anrufer mit leiser Stimme. »Jack Cliffwater.«

»Was gibt es?«, hakte Justus ungeduldig nach.

»Die Sache mit den Tonbändern lässt mir keine Ruhe. Darüber wolltet ihr doch mit mir sprechen.«

»Wohl besser Sie mit *uns*!«, rief Peter ihm zu, worauf er einen strengen Blick von Justus erntete.

»Meinetwegen auch so.« Cliffwater schluckte. »Wir können uns jetzt gleich noch treffen. Soll ich zu euch auf den Schrottplatz kommen?«

»Besser nicht«, schmetterte Justus entschieden ab. »Wir kommen zu Ihnen ins Motel. Wäre es Ihnen in einer halben Stunde recht?«

»Mir ist alles recht. Kommt hierher, und dann klären wir die Sache.«

Es knackte. Cliffwater hatte aufgelegt.

Der Erste Detektiv frohlockte. »Also dann, Kollegen, brechen wir auf und hören uns an, was er uns zu sagen hat. Doch vorher werde ich noch bei Cotta im Präsidium anrufen. Es gibt da noch ein wichtiges Detail zu klären …«

Willkommen im Club!

Jack Cliffwater hatte schon ungeduldig auf dem Laubengang des *Ambassador*-Motels auf die drei Detektive gewartet. Er führte die Jungen ohne Umschweife in sein Zimmer.

»Ich habe euch von der Tankstelle ein paar Limonaden besorgt. Ist ja noch immer ziemlich heiß da draußen.« Er wies auf den schmalen Schreibtisch. »Aber Stühle kann ich euch nicht anbieten. Ihr könnt euch aufs Bett setzen.«

»Alles klar«, nahm Bob das Angebot an, während Justus nach den Getränkedosen griff und sie seinen Freunden zuwarf. Anschließend ließ auch er sich auf die durchgelegene Matratze plumpsen.

»Es ehrt Sie, Mister, dass Sie sich uns gegenüber als kooperativ erweisen«, brachte Justus das Thema direkt zur Sprache. Er warf einen unauffälligen Blick auf Cliffwaters Schuhwerk: schwarze Sandalen. »Was hat Sie eigentlich dazu veranlasst, die Tonbänder zu stehlen?«

»Da muss ich etwas weiter ausholen.« Er lehnte sich an die

Wand und strich sich über die trockenen Lippen. »Schon lange bevor Clarissa und ich damals verhaftet wurden, waren wir beide ein Liebespaar. Wir sind gemeinsam durch dick und dünn gegangen. Das dachte ich zumindest, bis sich im Gerichtssaal zeigte, dass ich mich da wohl grundlegend geirrt hatte. Sie schob sämtliche Schuld an unserem gemeinsamen Verbrechen einzig und allein mir in die Schuhe. Doch das bewahrte auch sie nicht vor einer Strafe.«

»Die Einweisung in eine geschlossene psychiatrische Klinik. Das wissen wir bereits«, entgegnete Justus ungeduldig.

Cliffwater schluckte. »Ich habe damals die Welt nicht mehr verstanden und konnte mir beim besten Willen nicht erklären, weshalb Clarissa mich vor Gericht so … nun ja … gedemütigt hat.«

»Eine sehr schmeichelhafte Umschreibung für dieses niederträchtige Verhalten«, konnte sich Peter die Bemerkung nicht verkneifen. »Und dann?«

»Während meiner gesamten Haftzeit versuchte ich, Kontakt zu ihr aufzunehmen, schickte ihr dutzende von Briefen, in denen ich sie anflehte, mir den Grund ihres Verhaltens zu erklären. Ich erhielt nicht eine einzige Antwort.«

»Und nun wurden Sie wegen guter Führung vorzeitig aus dem Gefängnis entlassen«, versuchte der Erste Detektiv Cliffwaters Schilderungen schneller voranzutreiben. »Ihr erster Weg in Freiheit trieb Sie vermutlich geradewegs zu Mrs Franklin, um sie zur Rede zu stellen, richtig?«

»Wenn du es so nennen magst, ja. Am Nachmittag meiner

Entlassung stand ich unangemeldet vor ihrer Tür«, fuhr Cliffwater erbost fort. »Ihr Gesicht hättet ihr mal sehen sollen: ein einziger Eisklumpen! Erst wollte sie mich nicht reinlassen. Als wir uns schließlich aber doch in ihrem Wohnzimmer gegenübersaßen, wurde mir schnell klar, dass meine lange gehegte Hoffnung, sie für mich zurückzugewinnen, eine Illusion war.«

»Sie … *zurückzugewinnen*?«, hakte Bob nach. »Ich dachte, Sie wollten nur …«

»Wir sollten uns zunächst nur mit den Fakten befassen«, riet Justus seinem Freund und erspähte in diesem Moment unter dem Schreibtisch die beigen Wildlederschuhe mit roten Schnürsenkeln, die Mrs Franklin in ihrer Tonbandnachricht erwähnt hatte. Sein Herzschlag beschleunigte sich. »Wie verlief das Gespräch, Mister?«

»Es war recht kurz.« Cliffwater lehnte noch immer an der Wand und ballte die Hände zu Fäusten. »Es war Clarissa deutlich anzumerken, dass mein plötzliches Erscheinen sie in Unruhe versetzte und sie mich auf schnellstem Wege wieder loswerden wollte. Ich bat sie, mir zumindest zu erklären, weshalb sie meine Briefe unbeantwortet gelassen hatte, und erhielt daraufhin zunächst nur die lapidare Antwort, dass es für uns beide keine gemeinsame Zukunft mehr geben würde.«

»Was meinen Sie mit *zunächst*?«, hakte Bob nach.

Justus' Einschätzung nach konnte Cliffwater die Schuhe von seinem Platz aus nicht sehen, da das Bett die Sicht darauf versperrte. Unauffällig streckte er ein Bein aus und zog mit dem Fuß den rechten Wildlederschuh vorsichtig zu sich heran.

»Erst nach *mehrmaligem* Nachbohren gestand mir Clarissa, dass sie nicht mehr lange zu leben habe. Zuerst glaubte ich, dass Clarissa sich diese makabre Erklärung nur ausgedacht hatte, um sich mir gegenüber von aller Schuld reinzuwaschen und sich nicht weiter rechtfertigen zu müssen«, erläuterte Cliffwater reumütig. »Im Nachhinein schäme ich mich für diesen Verdacht, aber auf der anderen Seite kannte ich ja ihre manipulativen Tricks nur allzu gut.«

»Tja, Mister …« Der Zweite Detektiv fühlte sich in seiner Einschätzung, Mrs Franklin betreffend, vollends bestätigt. »Willkommen im Club!«

Cliffwater schwitzte noch immer. »Ausschlaggebend für meine Vermutung war vor allem ihr äußeres Erscheinungsbild. Ich war bis dato der festen Ansicht, dass man einem Menschen im Endstadium dieser Krankheit sein schweres Leiden auch ansehen könne. Doch das war bei Clarissa nun wirklich nicht der Fall. Sie sah noch immer so aus, wie ich sie vom letzten Prozesstag in Erinnerung hatte.«

Justus wollte endlich erfahren, was Cliffwater zum Diebstahl der Tonbänder bewogen hatte, doch auf der anderen Seite war es von immensem Vorteil, dass der vorzeitig entlassene Häftling noch immer an der Wand lehnte und ausführlich die Begebenheiten aus seiner Sicht schilderte. Somit bot sich dem Ersten Detektiv die günstige Gelegenheit, den rechten Arm unauffällig von der Bettkannte baumeln zu lassen, um mit den Fingern an der Einlegesohle des Wildlederschuhs herumzunesteln.

»Erst nachdem sie mich mit dieser Behauptung konfrontiert

hatte, nahm ich die Tablettendose wahr, die auf dem Wohnzimmertisch lag. Ich griff nach dem Döschen und fragte sie, was das für Medikamente seien.«

Derweil hatte Justus die Einlegesohle des Wildlederschuhs mit den Fingernägeln gelöst, darunter ein zusammengefaltetes Papier ertastet und es hervorgezogen. Unbemerkt ließ er es in seiner Hosentasche verschwinden.

In Bobs Hals bildete sich ein dicker Kloß. »Und dann …?«

Cliffwater stand auf, öffnete die Tür zum Badezimmer und trat ans Waschbecken heran. Er drehte am Hahn und benetzte sein Gesicht mit Wasser. Dann kehrte er ins Zimmer zurück. »Diese Hitze bringt mich um. Und diese verdammte Geschichte ebenfalls.«

»Inwiefern?«, fragte Justus.

Cliffwater hatte die Badezimmertür offen stehen lassen und setzte sich auf den Stuhl vor dem Schreibtisch. »Clarissa erklärte mir, dass das Medikament die Ausbreitung der Krebszellen verlangsamen und zugleich die Schmerzen lindern würde. In diesem Moment wurde mir schlagartig bewusst, dass sie bald nicht mehr unter uns weilen würde.«

»Und?«, wurde Justus zunehmend ungeduldiger. »Sie erwähnten vorhin, dass Ihr Gespräch mit Mrs Franklin nicht lange dauerte.«

»So ist es. Sie schaute öfters auf ihre Armbanduhr und schien unter Zeitdruck zu stehen. Ich fragte sie, ob sie noch Besuch erwarten würde, worauf sie mir zu verstehen gab, dass es keinen Partner mehr an ihrer Seite gäbe.«

Bob fröstelte. »Als hätte sie Ihre Gedanken gelesen …«

»Diese Frau ist mir bis zum Schluss ein Rätsel geblieben.« Cliffwater seufzte betroffen. »Dann komplimentierte sie mich auf einmal mit einem unverbindlichen Lächeln aus ihrem Bungalow und erteilte mir für den Rest ihres Lebens Kontaktverbot.«

»Kontaktverbot?«, wurde Justus hellhörig. »Weshalb denn diese radikale Maßnahme?«

»Genau das wollte ich auch von ihr wissen, woraufhin sie mir an den Kopf warf, dass sie es einzig und allein meiner kriminellen Energie zu verdanken habe, dass sie damals auf die schiefe Bahn geraten sei; und dass sie nunmehr nichts mehr damit zu tun haben wolle.«

»Wie haben Sie auf diese Schuldzuweisung reagiert?« Justus' Denkapparat begann heftig zu arbeiten.

Cliffwater zögerte. Dann verschränkte er wie ein trotziges Kind die Arme vor der Brust. »Das geht euch nichts an!«

»Ich denke schon«, entgegnete Peter gereizt. »Denn vermutlich wird es erklären, weshalb Sie die Tonbänder aus unserer Zentrale gestohlen haben. Und wenn Sie nicht augenblicklich mit der ganzen Wahrheit herausrücken, werden wir Inspektor Cotta die Aufzeichnungen unserer Überwachungskamera doch noch zukommen lassen!«

Offensichtlich funktionierte dieser Bluff noch immer. Cliffwater atmete tief durch. »Ich weiß, dass ihr mich in der Hand habt, Jungs. Vergesst aber bitte nicht, dass wir einen Deal vereinbart haben.«

»Unser Wort Ihnen gegenüber gilt auch weiterhin«, beschwichtigte ihn der Erste Detektiv. »Also noch einmal: Wie haben Sie auf Mrs Franklins Schuldzuweisung reagiert?«

»Natürlich mit absolutem Unverständnis! Ich rief ihr ins Gedächtnis zurück, welche Umstände uns beide damals zusammengeführt hatten, denn die standen in totalem Widerspruch zu ihrer absurden Äußerung.«

»Was waren das denn für … Umstände?«, fragte Bob vorsichtig. Er befürchtete, nun das zu erfahren, was Mrs Franklin auf den Tonbändern nur angedeutet hatte, nämlich in welcher Angelegenheit sie, er selbst und Mr Cliffwater vor langer Zeit miteinander in Verbindung gestanden hatten.

Zweifel

»Es war vor siebzehn Jahren in New York, als ich Clarissa in einem Spielcasino kennenlernte«, legte Cliffwater die Karten offen auf den Tisch.

»Vor … siebzehn Jahren?« Bob stockte der Atem.

Cliffwater ignorierte die Frage. »In der Schlange vorm Auszahlungsschalter stand ich hinter ihr und bekam mit, dass man ihren Scheck, den sie in Bargeld umwandeln wollte, nicht akzeptierte. Clarissa wurde dabei zunehmend nervöser, und mein sechster Sinn sagte mir, dass da etwas nicht stimmte.«

Peter schnalzte mit der Zunge. »Das überrascht mich wenig.«

»Fragt mich nicht warum, aber diese Frau zog mich sofort in ihren Bann, weshalb ich instinktiv als Retter in der Not einsprang und ihr den Vorschlag unterbreitete, sich auch ohne die Auszahlung des Schecks als meine Spielpartnerin zu mir an den Roulettetisch zu setzen. Das Angebot überraschte sie, aber sie nahm es erleichtert an. Es wurde eine lange romantische Nacht, die den Anfang einer langjährigen Beziehung einläutete.

»Nachdem wir nun Ihre Kennenlerngeschichte gehört haben, möchte ich noch wissen, ob Sie Mrs Franklin an diesem Nachmittag das letzte Mal lebend gesehen haben.«

In dem Moment erhob Peter sich vom Bett und zerdrückte die leer getrunkene Getränkedose. »Bei mir macht sich die Limonade bemerkbar. Dürfte ich mich kurz in Ihr Badezimmer verziehen, Mister?«

Cliffwater wies zu der geöffneten Tür. »Sicher doch, immer der Nase nach!«

Auf die Frage des Ersten Detektivs hin schüttelte Cliffwater den Kopf. »Im Nachhinein wünschte ich mir, dass ich sie nach diesem Besuch überhaupt nicht mehr zu Gesicht bekommen hätte, weder tot noch lebendig! Aber was mir Clarissa an dem besagten Tag zum Schluss noch mit auf dem Weg gab, konnte ich nach längerem Überlegen nicht auf mir sitzen lassen. Deshalb stand ich in den nächsten Tagen noch zwei weitere Male bei ihr auf der Matte.«

Der Erste Detektiv gab sich überrascht. »Aus welchem Grund?«

»Sie hatte mir am Ende meines ersten Besuchs angedroht, im Falle eines erneuten Aufkreuzens in ihrem Bungalow ein bis dato ungesühntes Vergehen aus unserer gemeinsamen Vergangenheit ans Licht der Öffentlichkeit zu bringen. *Wenn das belastende Material publik wird, wanderst du geradewegs wieder zurück in den Bau. Darum nimm meine Drohung ernst: Halte dich in Zukunft von mir fern, falls dir deine eben erst zurückerlangte Freiheit etwas wert ist!*«

»Oha …«, staunte Bob irritiert.

»Mein rationales Denken war völlig auf den Kopf gestellt und mein Verstand schrie förmlich nach einer Erklärung für diese plötzliche Aggression.«

Peter kehrte aus dem Badezimmer zurück und setzte sich wieder zu seinen Freunden aufs Bett. »Habe ich etwas Wichtiges verpasst?«

»Erfährst du später«, antwortete Justus knapp. »Erzählen Sie weiter, Mister!«

»Obwohl sie mich gewarnt hatte, besuchte ich Clarissa noch ein weiteres Mal. Ich musste herausfinden, was sie gegen mich in der Hand hatte. Dieses Zusammentreffen warf noch weitaus mehr Fragen auf als mein erster Besuch.«

Der Erste Detektiv ließ sich seine innere Unruhe nicht anmerken. »Fragen? Welcher Art?«

»Clarissas Reaktion auf mein Erscheinen entsprach nicht im Geringsten meiner übelsten Vorahnung. Ich will damit nicht sagen, dass sie sonderlich erfreut wirkte, aber ihre Abneigung mir gegenüber schien sich in der Zwischenzeit gelegt zu haben. Das konnte aber auch mit ihrer Krankheit zu tun haben, denn sie machte plötzlich einen recht gebrechlichen und erschöpften Eindruck auf mich. Doch noch mehr überraschte mich, dass aus der Küche ein Hund herangetrottet kam, der mich zur Begrüßung freudig beschnupperte.«

»Ein Hund?«, fragte Peter. »Wem gehörte der?«

»Auf meine Nachfrage hin erklärte mir Clarissa, dass sie sich dieses Tier vor wenigen Monaten zugelegt habe, um ihrer Einsamkeit entgegenzuwirken. Ein schwarzer Rottweiler, mit einem weißen herzförmigen Fleck zwischen den Augen. Hört auf den Namen Bruno«, erklärte Cliffwater verwundert.

»Und was hat sie daran so überrascht?«

»Ganz einfach, Bob«, fuhr Cliffwater fort. »Früher konnte Clarissa Hunde nicht ausstehen. Sie hatte Angst vor ihnen, weil sie als Kleinkind von einem Schäferhund gebissen wurde. Merkwürdig erschien mir auch, dass Bruno bei meinem ersten Besuch nicht zugegen war, was Clarissa damit erklärte, dass er zu diesem Zeitpunkt gerade von einem Nachbarskind ausgeführt worden sei.«

»Und das haben Sie ihr nicht geglaubt?«, vergewisserte sich Peter.

»Ich bin mir da noch immer nicht sicher, aber darauf komme ich gleich zurück. Zuvor geschahen nämlich noch weitere seltsame Dinge: Clarissa wollte mit mir über ihre Androhung nicht mehr sprechen und stellte mir stattdessen sogar in Aussicht, dass wir beide unter gewissen Umständen vielleicht *doch* wieder zusammenkommen könnten …«

Bob hatte das Gefühl, als würde sich eine unsichtbare Schlinge um seinen Hals ziehen. »Sie … machen Witze, oder?«

»Sehe ich so aus?«, entgegnete Cliffwater entrüstet. »Als ich von Clarissa wissen wollte, was mit den *gewissen Umständen* gemeint sei, vertraute sie mir an, dass ihr der gestrige Anruf ihres Arztes neue Hoffnung gemacht habe. Es ging dabei um eine neuartige Behandlungsmethode. Sollte diese anschlagen, dann wäre …«

Die drei Detektive warfen sich fragende Blicke zu. »Was für eine neue Behandlungsmethode soll das sein?«, versuchte Peter, nähere Details aus ihm herauszukitzeln.

»Darüber wollte sie nicht mit mir sprechen. Zumindest nicht, bis sie sich darüber genauer mit dem Arzt ausgetauscht hätte. Aber auch das schien mir recht fragwürdig zu sein. Seltsam war außerdem der Koffer, den ich vorne im Flur neben dem Schuhschrank stehen sah. In diesen Schrank musste ich bei meinem ersten Besuch meine ausgezogenen Schuhe stellen.«

»Bleiben wir bei dem Koffer«, insistierte Justus streng. »Was hatte es damit auf sich?«

»Bei meinem Besuch zuvor hatte ich ihm keine große Beachtung geschenkt, doch nun konnte ich unauffällig den Namen und die Adresse auf dem Kofferanhänger entziffern: C. Franklin. 23 Bear Mountain Boulevard. Arvin.«

»Arvin?« Fieberhaft kramte Bob in seinen Erinnerungen herum, doch eine Begebenheit aus der Vergangenheit, die – direkt oder indirekt – mit diesem Ort verbunden war, befand sich nicht darunter. »Hat Ihnen Clarissa gesagt, was es mit dieser Anschrift auf sich hat?«

»Sie hatte stets auf *alles* eine Antwort, und in diesem Fall bedachte sie mich mit einem herablassenden Grinsen. ›*Wittere doch nicht an jeder Ecke ein Komplott gegen dich*‹«, zitierte er erbost ihren Wortlaut. »›*Dieser Koffer steht hier schon seit letztem Herbst, nachdem ich aus Arvin zurückgekehrt war, wo ich an einem Astrologie-Seminar teilgenommen habe. Und das war schon das Aufregendste, was Arvin zu bieten hatte. Eine renommierte Fachklinik sucht man dort vergebens.*‹« Er biss die Zähne aufeinander. »Und damit endete mein zweiter Besuch. Mehr als drei Minuten waren nicht drin. Clarissa bestand darauf, dass ich sie nicht mehr auf die eventuell anstehende Behandlungstherapie ansprechen möge, bis sie von selbst auf mich zukommen würde. Bis dahin müsse ich mich noch gedulden.«

»War das das letzte Mal, dass Sie Mrs Franklin lebend gegenüberstanden, oder kam es noch zu einem weiteren Kontakt?«

»Zwei Tage später rief Clarissa mich an und bat um ein Treffen. Meine Hoffnung auf eine Versöhnung wurde größer, doch ich sah sie an diesem Abend zum letzten Mal lebendig«, seufzte Cliffwater. »Bei diesem dritten Besuch schien sie wieder in etwas besserer Verfassung zu sein. Deshalb dachte ich, sie hätte die neue Therapie vielleicht bereits begonnen. Aber das war wohl mehr ein Wunschgedanke …«, verlor sich Cliffwater in Gedanken.

»Wie ist dieser dritte Besuch verlaufen?«, hakte Justus ungeduldig nach.

»Clarissa bot mir einen Kaffee an. Wie bei meinem ersten Besuch musste ich meine Schuhe ausziehen. Wir unterhielten uns kurz über Belanglosigkeiten und nachdem ich von einem kurzen Toilettengang wieder ins Wohnzimmer zurückkam, bat sie mich sehr abrupt, wieder zu gehen«, erinnerte er sich enttäuscht zurück. »Ich war kurz verwundert, denn sie war es ja, die mich eingeladen hatte, aber mir blieb nichts anderes übrig. Ich wollte sie nicht verärgern, also nahm ich meine Trekkingjacke und meine Schuhe und machte mich zurück auf den Weg ins Motel.« Abwartend blickte Cliffwater Justus in die Augen.

»Wie kam es dann dazu, dass Sie Clarissas Leiche gefunden haben?«, fragte Peter und kam dem Ersten Detektiv damit zuvor.

»Vor zehn Tagen rief mich Clarissa auf meinem Handy an und bat mich, am frühen Abend zu ihr zu kommen, um einige wichtige Dinge zu klären, die ausschließlich uns beide beträfen.«

»Mehr sagte sie nicht?«

»So ist es, Peter. Gegen achtzehn Uhr stand ich dann vor ihrer Haustür und klingelte. Aber niemand öffnete. Als auch nach weiterem Klingeln keine Reaktion erfolgte, wollte ich genervt wieder abziehen, doch irgendetwas sagte mir, dass da etwas nicht stimmte, was mich wiederum dazu veranlasst hat, am Knauf ihrer Haustür zu drehen ...« Er holte tief Luft. »Die Tür war unverschlossen und schwang zur Seite. *Clarissa?*, rief ich laut in den Flur. *Bist du zu Hause?* Keine Antwort. Auch ihr Hund reagierte nicht. Wie an unsichtbaren Fäden zog es mich dennoch in ihren Bungalow. Ich schaute mich um und blieb überrascht auf dem Flur stehen. Die Tür ihres Schlafzimmers stand sperrangelweit offen, und dort lag sie in ihrem Bett. Die Augen waren geschlossen. Ich war der festen Annahme, sie würde schlafen, und trat vorsichtig näher, um sie zu wecken ...«

Bob begann zu frösteln. »Okay, Mister … Ich denke, wir drei wissen, was nun folgte: Sie war tot, richtig?«

»Zu meinem Entsetzen … ja.« Cliffwater vergrub verzweifelt sein Gesicht in den Händen. »Sie wachte nicht auf. Ich verständigte sofort einen Notarzt, aber auch dieser konnte nichts mehr für sie tun. Es war zu spät. Der Krebs hatte Clarissa besiegt.«

»Das ist tragisch«, bekundete der Erste Detektiv seine Anteilnahme. »Dennoch steht noch immer die Frage im Raum, und ich wiederhole mich äußerst ungern, was Sie nach Mrs Franklins Tod dazu getrieben hat, die Tonbänder aus unserer Zentrale zu stehlen? Und woher wussten Sie überhaupt von der Existenz der Bänder?«

Cliffwater zögerte. Dann erhob er sich vom Stuhl und gab sich geschlagen. »Die Beweise, mit denen Clarissa mich in der Hand zu haben glaubte, waren ihren Angaben nach sicher verwahrt. Doch während ich in ihrem Schlafzimmer auf das Eintreffen des Notarztes wartete und mich über das spurlose Verschwinden ihres Hundes wunderte, fiel mein Blick auf den Nachttisch neben dem Bett. Darauf lag eine geschlossene Bibel, aus der ein gefalteter Briefbogen hervorschaute. Ich wurde stutzig, da ich bisher davon ausgegangen war, dass Clarissa eine überzeugte Atheistin sei. Aber vielleicht hatte sie die schwere Krankheit dazu bewogen, sich dem christlichen Glauben zuzuwenden …«

»Sie kommen vom Thema ab!«, maßregelte ihn Peter. »Denn sicher haben Sie den Briefbogen doch näher in Augenschein genommen. Worum ging es darin?«

»Datiert war er auf ihren Todestag. Clarissa hatte sich von einem Notar namens Bumblebee handschriftlich den Empfang ihres Erbes bestätigen lassen, das er bis zum Eintritt ihres Todes sicher für sie verwahren sollte.«

»Sonst nichts?«, vergewisserte sich Justus.

Cliffwater schüttelte den Kopf. »Mir reichte diese Information, denn ich war mir sicher, dass es sich bei dem besagten Vermächtnis um das Beweismaterial handeln musste, mit dem sie mich einige Tage zuvor unter Druck gesetzt hatte.«

»Jetzt kommen wir der Sache endlich näher«, befand Justus und rieb sich die Hände. »Erzählen Sie weiter.«

»Ein Einbruch in der Kanzlei kam für mich nicht infrage, aber vielleicht gab es einen anderen Weg, an dieses Vermächtnis zu kommen. Daher rief ich Bumblebee umgehend an, um mit ihm einen Termin für ein persönliches Treffen in seinem Büro zu vereinbaren. Womöglich, so dachte ich, könnte ich direkt vor Ort eruieren, wie ich weiter vorgehen musste. Aber von der redseligen Sekretärin erhielt ich am Telefon die Auskunft, dass ihr Chef nach seinem Besuch bei einer Klientin in Little Rampart sogleich von dort aus in den Urlaub aufgebrochen sei und ich ihn erst in zehn Tagen wieder in seiner Kanzlei aufsuchen könne.«

»Demnach also heute …« Mit einem Mal erschlossen sich dem Ersten Detektiv die Vorgänge. »Nach meiner Theorie sind Sie heute Vormittag zur Kanzlei gefahren, um dort Mr Bumblebee aufzusuchen, der aus seinem Urlaub zurückgekehrt war. Und wie es der Zufall wollte, verließen Bob und seine Mutter exakt in diesem Moment die Kanzlei. Bob, den Sie trotz Ihres langen Aufenthalts im Gefängnis natürlich sofort wiedererkannt haben, trug eine Pappschachtel mit sich. Sie schlussfolgerten, dass es sich bei dieser Schachtel um das besagte Vermächtnis handeln müsse, das Mrs Franklin dem Notar zur sicheren Verwahrung ausgehändigt hatte.«

»Aber ja doch!« Bob sprang vom Bett auf und ging entrüstet auf Cliffwater zu. »Sie sind uns dann mit Ihrem Mietwagen gefolgt. Ich setzte meine Mum bei uns zu Hause ab, fuhr dann weiter zum Schrottplatz, und Sie beobachteten dort, wie ich mit der Pappschachtel geradewegs durch die Kühlschranktür in unsere Zentrale verschwand. Als ich diese später *ohne* Karton wieder verließ, nahm ich aber die Wohnwagentür, die ich hinter mir abschloss. So konnten Sie davon ausgehen, dass sich niemand mehr in der Zentrale aufhielt. Der Rest ist uns allen bekannt.«

Eine kurze Pause entstand.

»Und was habt ihr drei jetzt vor?«

Peter zuckte ratlos die Schultern. »Das wird Ihnen wohl nur Justus sagen können.«

»Ich denke mal, dass es in unser aller Interesse ist, herauszufinden, wer heute die zwei Tonbänder aus Ihrem Kofferraum entwendet hat«, ging der Erste Detektiv zur nächsten Offensive über. »Band Nummer eins, das Ihnen zusammen mit Band drei gestohlen wurde, hat Bob bereits heute Mittag abgehört. Ebenso sind wir über den Sprachinhalt des zweiten Bandes in Kenntnis, das sich zum Glück hier in diesem Motelzimmer befand. Doch solange wir nicht wissen, in wessen Händen sich das dritte Band befindet, müssen Sie befürchten, dass es Ihnen zum Verhängnis werden kann, Mister. Wobei wir natürlich allzu gerne wissen würden, womit Clarissa glaubte Sie in der Hand zu haben.«

»Wir beide waren gewiss keine Unschuldsengel, obwohl Clarissa nach außen hin mit ihrer renommierten Therapeutinnen-Praxis natürlich immer den Anschein wahren wollte«, äußerte er zögernd. »Doch ich als ihr Handlanger sollte immer dafür sorgen, dass noch mehr Geld in ihre Kassen floss. Und das natürlich meist auf illegalem Wege. Mehr hat euch nicht zu interessieren.«

Justus gab sich mit dieser Antwort vorerst zufrieden. »Die drei Detektive werden alles daransetzen, den unbekannten Dieb ausfindig zu machen und Bobs Eigentum wieder zurückzuholen. Erst danach wird sich zeigen, was Mrs Franklin *tatsächlich* mit ihrem Vermächtnis an Bob bezwecken wollte.«

Cliffwater wurde leichenblass. »Ich sehe mich schon wieder ins Kittchen wandern. Darum sei mir bitte auch *eine* Frage erlaubt: Was war auf den zwei Bändern zu hören?«

»Bedaure, wir lassen uns bei unseren Ermittlungen grundsätzlich nicht in die Karten schauen«, entgegnete Justus selbstbewusst. »Aber sobald wir in diesem Fall neue Erkenntnisse erlangen, werden Sie einer der Ersten sein, die davon erfahren, das verspreche ich Ihnen.«

Noch immer in Liebe

Als Peter fünf Minuten später seinen MG wieder vom Parkplatz des Motels lenkte, aktivierte er als Erstes die Klimaanlage. Die Hitze war noch immer unerträglich. »Endlich sind wir raus aus diesem Schuppen! Cliffwaters endloses Geschwafel ging mir gehörig auf den Geist! Wie viel Prozent davon, meint ihr, entspricht der Wahrheit?«

»Von null bis hundert ist alles möglich«, wollte sich Justus nicht festlegen, während sich Bob auf der Rückbank in Schweigen hüllte. »Was wiederum aber auch für Mrs Franklins Tonband-Hinterlassenschaft gilt. Zumindest hat sie in einem Punkt *nicht* gelogen!« Aus der Hosentasche zog er das zusammengefaltete Papier hervor und hielt es triumphierend in die Höhe. »Mit dem mir angeborenen Talent, Beweismittel unbemerkt vor anderen Anwesenden im Raum in meinen Besitz zu bringen, ist mir auch dieses Mal ein wahres Meisterstück gelungen!«

»Ist das etwa …?« Interessiert beugte sich Bob nach vorn.

»Das von Mrs Franklin angekündigte Dokument, das sie

unter die Einlegesohle von Cliffwaters Wildlederschuh geschmuggelt hat.« Justus machte sich ans Auseinanderfalten. »Zumindest hoffe ich das!«

»Und?« Peter hatte ernste Schwierigkeiten, sich auf den vor ihm liegenden Straßenverkehr zu konzentrieren. »Lies schon vor, Erster!«

»Ein handschriftlicher Brief an Mrs Franklin«, erklärte er sogleich. »Vom vierten Januar vergangenen Jahres. Hört euch das an, Kollegen:

Meine so innig geliebte Clarissa, nach all der langen Zeit in Haft habe ich inzwischen aufgegeben zu zählen, der wievielte Brief dies ist, den ich dir aus dem Gefängnis schreibe. Keinen davon hast du beantwortet, obwohl ich dich jedes Mal so eindringlich darum bat. Dies ist mein letzter Versuch. Warum erfolgt auf meine quälenden Fragen an dich keine Reaktion? Hat sich unsere damals so feurige Beziehung nach all den Jahren tatsächlich in kalte Asche verwandelt? Oder war unsere Partnerschaft für dich nur ein Mittel zum Zweck, für das du nun keine Verwendung mehr hast? Sollte dies der Fall sein, werde ich dich nach meiner Haftentlassung persönlich aufsuchen, um meinem Leid und deiner Boshaftigkeit ein für alle Mal ein Ende zu bereiten! Lass es bitte nicht so weit kommen. Noch immer in Liebe – dein Jack.«

»Dann hat er sie *doch* vorzeitig umgebracht … Vollkommen liebeskrank.« Geschockt hielt Peter das Lenkrad fest umklammert. »Und Mrs Franklin hatte recht mit ihrem Verdacht. Nach ihrer Abfuhr Cliffwater gegenüber hat dieser ihr Medikament gegen ein Placebo ausgetauscht, um sie damit einer eventuellen Überlebenschance zu berauben! Deshalb fand man bei der anschließenden Obduktion ihrer Leiche auch keine Anzeichen von Fremdeinwirkung. Denn soweit ich weiß, besteht so ein Placebo in der Regel meist nur aus harmlosem Zucker oder Ähnlichem.«

»Langsam, Zweiter«, versuchte Justus ihn in seiner Aufregung zu bremsen. »Um Cliffwater ans Messer zu liefern, werden Mrs Franklins Tonaufzeichnungen und selbst dieser prekäre Brief vermutlich nicht ausreichen. Als Beweismittel sind sie nicht stichhaltig genug.«

»Mag schon sein, wohl aber das Tablettenröhrchen mit seinen Fingerabdrücken und dem darin enthaltenen Placebo!«, konterte Peter siegessicher. »Und dieses Corpus Delicti habe ich vorhin in Cliffwaters Motelzimmer an mich genommen. Du siehst, auch in mir schlummert zumindest eines deiner angeborenen Talente.«

»Deshalb also hast du sein Badezimmer so überraschend aufgesucht!«, staunte der Erste Detektiv voll Anerkennung. »Aber wie kam es zu dieser Eingebung?«

»Als Cliffwater sich da drin am Waschbecken das Gesicht nass machte, ließ er danach die Tür offen stehen. Und da sah ich vom Bett aus die besagte Trekkingjacke neben der Duschwand an einem Haken hängen. Sonst noch Fragen?«

»Vorerst nicht. Doch ehe du den Schrottplatz ansteuerst, sollten wir vorher noch einen kurzen Zwischenstopp auf dem Police Department einlegen.«

»Wieso das denn?«, fragte Peter verwundert. »Willst du Cotta etwa schon unsere oder genauer gesagt Mrs Franklins Beweise gegen Cliffwater vorlegen?«

Justus schüttelte entschieden den Kopf. »Davon braucht der Inspektor noch nichts zu wissen. Mir geht es einzig und allein um die Auskunft, um die ich ihn heute Mittag am Telefon gebeten habe ...«

»Ja, bitte?«, ertönte Cottas Stimme durch die Tür, nachdem Justus lautstark daran geklopft hatte. Die drei Detektive betraten das Büro des Inspektors. Er saß hinter dem Schreibtisch und blickte seine Besucher verdutzt an. »Hey, Jungs! Hat Officer Brown euch am Empfang einfach zu mir durchgelassen?«

»Nicht ganz so einfach«, winkte Justus gelassen ab. »Aber als ich ihm sagte, dass wir miteinander verabredet seien, winkte er uns einfach durch.«

Cotta konnte sich ein Grinsen nicht verkneifen. »Du und deine rhetorischen Tricks, da sollte ich mir mal eine Scheibe von abschneiden.«

»Peter, Bob und ich fuhren gerade zufällig hier am Police Department vorbei und da dachte ich, vielleicht haben Sie die von mir gewünschte Auskunft ja bereits in Erfahrung gebracht ...«

»Schon verstanden, Justus! Ich bin ja nicht von gestern.« Cotta wies zur Besucherbank. »Setzt euch, Jungs. Ihr kommt gerade rechtzeitig. Die Einsatzliste der Feuerwehrhauptzentrale ist nämlich soeben eingetroffen.« Mit wenigen Mausklicks rief er die betreffende Datei auf und deutete auf den Monitor. »Ich weiß zwar noch immer nicht, wozu ihr diese Informationen benötigt, aber in Little Rampart und der näheren Umgebung gab es im letzten Monat nur exakt zwei Großeinsätze der Feuerwehr. Von denen fand jedoch keiner am neunzehnten Juni statt.«

Justus blieb der Mund offen stehen. »Aber … das ist unmöglich, Sir!«

Cotta setzte eine ernste Miene auf. »Ich ziehe arg in Zweifel, dass sich im Zentralregister ein Fehler eingeschlichen hat. Darf man erfahren, was dich zu dieser Annahme bringt?«

»Selbstverständlich«, versuchte Justus, die Fassung zu bewahren, während es auch in den Köpfen von Peter und Bob fieberhaft zu arbeiten begann. »Aber könnten Sie uns zuvor noch die genauen Daten der zwei Einsätze nennen?«

»Kein Problem.« Der Inspektor scrollte mit der Maus in der Datei weiter herunter. »Das wären der einundzwanzigste Juni, morgens um neun Uhr zwanzig, und ebenfalls der einundzwanzigste Juni, nachmittags um fünf Uhr zehn. Zwei Großeinsätze mit jeweils vier Löschzügen.«

»Und in welchem Zeitraum trat laut des Autopsie-Berichts der Tod von Mrs Franklin ein?«, drängte Justus ihn zu einer weiteren Antwort, ohne vorher selbst die Katze aus dem Sack zu lassen.

»Also schön. Die eine Frage noch. Aber danach werdet ihr mir Rede und Antwort stehen, verstanden?« Der Inspektor rief die entsprechende Datei auf. Konzentriert studierte er den Autopsie-Bericht und strich sich dabei mehrmals über den Dreitagebart. »Der Todeseintritt erfolgte ebenfalls am einundzwanzigsten Juni. Zwischen Mitternacht und zwei Uhr morgens.«

»Das kann nicht sein ...«

Cotta reagierte auf Bobs Bemerkung äußerst verstört. »Was ist hier eigentlich los?«, rief er aufgebracht in die Runde. »Jetzt seid *ihr* in der Bringschuld. Warum interessiert euch Mrs Franklins Ableben plötzlich so brennend? Ich werde mich jetzt in meinem Sessel zurücklehnen und eurem Bericht die größte Aufmerksamkeit schenken!«

»Nun ja, Sir ...«

Und dann schilderte Justus dem Inspektor, wie Bob zu Mrs Franklins Vermächtnis gekommen war, was diese ihm auf den Tonbändern mitgeteilt hatte und dass die Spulen während seines Aufenthalts auf dem Friedhof aus der Zentrale entwendet worden waren. Den anschließenden Besuch in Cliffwaters Motel ließ er aus taktischen Gründen jedoch vorerst unerwähnt. Aus seiner Sicht galt es, die Verhaftung des Verdächtigen unbedingt hinauszuzögern. Zumindest so lange, bis eindeutig erwiesen war, dass Mrs Franklins Verdacht auf Tatsachen beruhte.

Als Justus den Bericht beendet hatte, räusperte sich Cotta verhalten und bedachte die drei Detektive mit einem anerkennenden Blick. »Wenn ich heute Mittag ein wenig mehr auf Zack gewesen wäre, hätte mir schon bei eurem ersten Anruf dämmern müssen, dass ihr in dieser Sache ermittelt. Da stand ich wohl gehörig auf dem Schlauch.«

»Wie meinen Sie das?«, hinterfragte Justus verunsichert.

Cotta schien sich über sich selbst zu ärgern. »Weil *ihr* mich angerufen habt und nicht *ich* euch! Ohne mich nach dem Grund eures Anrufs zu erkundigen, unterrichtete ich euch aus eigenem Antrieb über Mrs Franklins Ableben. Ihr hingegen hattet keine weiteren Fragen an mich. Aber das dämmert mir erst jetzt …«

»Heute Mittag waren wir aber noch nicht auf dem jetzigen Wissensstand, zu dem Sie, Inspektor, uns soeben verholfen haben«, ereiferte sich Justus und zog sein Handy aus der Tasche. »Denn auf einem der Tonbänder ist ein äußerst seltsamer Vorgang zu hören, den Bob während des Abhörens mit seinem Handy aufgenommen hat. Leider ist uns der Dieb zuvorgekommen, bevor wir auch das dritte Band abhören konnten, doch das ist vorerst nicht relevant.« Er tippte auf das Display und aktivierte die Abspielfunktion.

»*Hallo, Bob, da bin ich wieder …*«, ertönte Mrs Franklins Stimme aus dem Lautsprecher. »*Heute ist der neunzehnte Juni. Halb fünf. Nachmittag. Du hörst es vielleicht, das Atmen fällt mir zunehmend schwerer. Verzeih mir die rüde Ausdrucksweise, aber es geht mir wirklich beschissen. Nun schmeckt mir selbst der Rotwein nicht mehr. Ich lausche dem Ticken meiner inneren Uhr. Unaufhaltsam geht es dem Ende entgegen …*«

Der Erste Detektiv stoppte die Aufnahme. »Wie Sie deutlich vernehmen konnten, Sir, behauptet Mrs Franklin, dieses Tonband am Nachmittag des neunzehnten Juni besprochen zu haben. Doch einige Minuten später führt ein Vorgang, der durch das geöffnete Fenster zu hören ist, ihre genannte Zeitangabe ad absurdum.« Er wischte mit dem Finger über das Display und fuhr zu der Stelle, an der der verräterische Feuerwehreinsatz zu hören war und die ehemalige Psychologin, das Fenster schloss. Anschließend kehrte sie an ihren Platz zurück. »*Entschuldige, aber meine Kehle ist vollkommen ausgetrocknet. Ich habe mir nur kurz ein Wasser geholt.*«

Cotta verharrte regungslos auf seinem Sessel. Dann stoppte Justus die Aufnahme. »Verstehen Sie nun, weshalb ich Sie darum gebeten habe, die Informationen der für diesen Zeitraum infrage kommenden Feuerwehreinsätze einzuholen?«

»Du willst mir damit doch nicht etwa sagen, dass …«

»Oh doch, Sir!«, war sich der Erste Detektiv seiner Sache absolut sicher. »Da es anhand Ihrer Abfrage in Little Rampart und Umgebung nur zwei Großeinsätze gab, die erst *nach* Mrs Franklins Ableben erfolgt sind, lässt dies nur einen Schluss zu: Bei dem beigesetzten Leichnam kann es sich keinesfalls um Mrs Franklin handeln, da sie die Tonaufnahme zweifelsohne erst getätigt hat, als sie laut Autopsiebericht bereits schon mehrere Stunden tot war!«

»Wusste ich's doch!« Peter schoss unkontrolliert in die Höhe. »Diese Frau hat uns wieder einmal am Haken! Wir sind schon wieder auf ihre miesen Teufeleien hereingefallen, aber ihr wolltet ja nicht auf mich hören! Peter Shaw ist ja ständig nur hysterisch und hört die Flöhe husten! Von wegen!«

»Einen Moment!«, rief der Inspektor die drei zur Vernunft. »So geht das nicht! Euren abstrusen Anschuldigungen liegt nicht der geringste Beweis zugrunde. Zu viele Tatsachen sprechen gegen diese Theorie, und mit Verlaub: Ihr habt euch in Sachen Mrs Franklin schon einmal verrannt und mich dabei ziemlich dumm aussehen lassen. Findet euch damit ab, dass ihr dieses Mal einem Trugschluss aufgesessen seid. Selbst die drei ??? sind nicht unfehlbar.«

Diese Schmach konnte und wollte der Erste Detektiv sich nicht gefallen lassen. »Ich wette dagegen, Sir! Wenn wir davon ausgehen, dass die Meldedaten der Feuerwehr-Hauptzentrale korrekt sind, wird sich mein Verdacht als richtig herausstellen: Mrs Franklin weilt noch unter uns Lebenden … Was sich auch durchaus beweisen ließe!«

Der Inspektor hielt perplex inne. »Wie meinst du das?«

»Lassen Sie den Sarg ausgraben und uns einen Blick hineinwerfen, dann werden Sie schon sehen!«

»Ich denke, das reicht, Jungs.« Seelenruhig erhob sich Cotta aus seinem Sessel und wies unmissverständlich zur Tür. »Es ist recht heiß heute. Daher rate ich euch zu einer kalten Dusche, die eure erhitzten Köpfe wieder auf Normaltemperatur runterkühlen wird.«

»Aber ich bin mir absolut sicher, dass …«

»Du irrst dich«, beharrte der Inspektor ebenso auf seinem Standpunkt. »Wobei mich wundert, dass du einen ausschlaggebenden Punkt in deine Überlegungen nicht miteinbeziehst: Aufgrund von Mrs Franklins schwerer Krankheit und den starken Medikamenten müssen wir davon ausgehen, dass auch ihre Zurechnungsfähigkeit stark in Mitleidenschaft gezogen war. Vermutlich wird sie beim Besprechen des Tonbands und der Nennung des Datums schlichtweg ein wenig durcheinandergekommen sein. Ein guter Detektiv sollte stets an *alles* denken, nur als kleiner Tipp unter Kollegen!«

Justus ließ diesen Seitenhieb nicht auf sich sitzen und grinste Cotta unverfroren ins Gesicht. »Ebenfalls ein kleiner Ratschlag von mir, Sir: Wenden Sie sich doch mal an die Kanzlei *J. R. Bumblebee* am Rodeo Drive in Beverly Hills. Denn wenn ich mich nicht irre, hat der zuständige Notar noch am einundzwanzigsten Juni dieses Jahres seiner Klientin Mrs Franklin in ihrem Bungalow einen Besuch abgestattet. Dort hat sie ihm das Erbe ausgehändigt, das Bob heute Mittag wiederum von Mr Bumblebee in Empfang genommen hat. Aber vielleicht ist auch dies alles nur ein Trugschluss, eine Fehlschaltung unserer aufgeheizten Köpfe. Dann jedoch muss Mr Bumblebee die Empfangsbestätigung einem Geist quittiert haben, denn laut Autopsiebericht befand sich seine Klientin zu diesem Zeitpunkt ja bereits im Jenseits.«

Cotta schnappte wie ein Karpfen nach Luft. »Was …? Ich meine …«

»Gehen wir, Kollegen!« Justus trat auf die Tür zu und verabschiedete sich galant vom Inspektor. »Sollten sich Ihrerseits weitere Fragen ergeben, wissen Sie ja, wie Sie uns erreichen.« Er betätigte den Türknauf und verließ erhobenen Hauptes mit seinen Freunden das Büro.

Antrag im Eilverfahren

»Was war das denn für eine One-Man-Show, Erster?« Peter ließ die Bodenluke in der Zentrale laut zufallen. Er hatte sich während der Fahrt vom Police Department bis zum Schrottplatz in Schweigen gehüllt, doch nun platzte ihm endgültig der Kragen. »In einer Tour hast du Cotta gegenüber hauptsächlich nur von *ich* gesprochen, so als ob du das alleinige Sprachrohr unseres Detektivunternehmens wärst! Wo bleibt denn deine Solidarität mit den zwei anderen Fragezeichen? Ich kam mir ja fast nur noch geduldet vor. Und Bob wird sicherlich genauso denken wie ich. Stimmt's, Bob?«

Dem dritten Detektiv war nicht nach einem Streitgespräch zumute. Er schaltete den kleinen Tischventilator an, legte sich erschöpft rücklings auf den Boden und starrte nachdenklich an die Decke. »Zuerst ließen wir uns vom Inspektor amtlich bestätigen, dass Clarissa tot ist, und jetzt scheint ihr beiden ernsthaft zu glauben, dass das alles nur ein Fake ist. Das muss ich erst mal verdauen, Freunde ...«

»Aber da Mrs Franklin noch am Leben ist, stellt sich vor allem die Frage nach dem Motiv ihrer niederträchtigen Inszenierung!«, schob Peter seinen Ärger aufs Abstellgleis und streifte seine durchgeschwitzten Sneakers ab. »Und welchen Part spielt Jack Cliffwater dabei? Ist er wirklich so ahnungslos, wie er tut? Oder stecken die beiden womöglich wieder unter einer Decke, um gegen uns, oder vielmehr gegen Bob, einen Rachefeldzug zu führen? Irgendwie scheint unser Dritter in diesem undurchsichtigen Komplott ja eine wichtige Rolle zu spielen.«

Justus setzte sich zu Bob auf den Boden. »Eins vorweg, Kollegen: Mir lag nichts ferner, als vor Cotta den Chef unseres Unternehmens raushängen zu lassen; das müsst ihr mir glauben. Aber solange der Inspektor uns noch nicht informiert hatte, wann die Feuerwehreinsätze in Little Rampart stattgefunden haben, stand mir die These von Mrs Franklins vorgetäuschtem Ableben noch zu sehr auf wackligen Beinen, um sie mit euch zu besprechen.«

»Entschuldigung akzeptiert«, entgegnete Peter erleichtert, während Bob Justus wohlwollend zunickte. »Doch wie gehen wir jetzt weiter vor, um Mrs Franklin und vermutlich auch Cliffwater das Handwerk zu legen? Wir könnten diesem Typen heimlich eine Wanze unterjubeln und darauf hoffen, dass er früher oder später mit seiner Komplizin in Kontakt tritt, denn eine Rund-um-die-Uhr-Beschattung können wir uns abschminken.«

»Das wäre zumindest *eine* Möglichkeit …« Justus zupfte nervös an seiner Unterlippe. »Doch vorerst beschäftigt mich noch eine andere wesentliche Ungereimtheit in dieser Geschichte.«

Bob hob fragend den Kopf. »Und die wäre?«

»Unsere bisherigen Erfahrungen mit Mrs Franklin haben uns stets gelehrt, dass sie ihre Schachzüge meist gut durchdacht hatte, bevor sie sie in die Tat umsetzte. Deshalb wundere ich mich, weshalb es zwischen ihr und dem Notar Bumblebee am einundzwanzigsten Juni noch zu einer Begegnung gekommen ist, obwohl sie zu diesem Zeitpunkt laut Autopsie bereits verstorben war.«

»Wie meinst du das jetzt?«, konnte Bob ihm nicht ganz folgen. »Aufgrund dessen und wegen des Feuerwehreinsatzes am selben Tag warst du dir doch *vollkommen* sicher, dass Clarissa noch lebt, Erster. Was irritiert dich plötzlich daran?«

»Wenn wir davon ausgehen, dass Mrs Franklin ihren Tod oder Mordanschlag nur inszeniert hat, wäre es entgegen ihrer präzisen und analytischen Vorgehensweise doch recht untypisch für sie, dieses allzu verräterische Dokument am Tatort zurückzulassen.«

»Aber das perfekte Verbrechen gibt es nicht. Und auch einer Mrs Franklin kann schließlich ein Fehler unterlaufen«, mutmaßte Peter aufgeregt. »Zu unserem Glück!«

Der Erste Detektiv blieb skeptisch. »Wir sollten Mrs Franklin nicht unterschätzen, Kollegen. Ich halte sie für cleverer, als sie es in diesem Punkt aussehen lässt. Mit der Empfangsbestätigung in der Bibel muss es eine andere Bewandtnis haben. Wir werden den Notar morgen dazu befragen …«

Das schrille Klingeln des Telefons unterbrach Justus in seinem Redefluss. Reflexartig hob er den Hörer und aktivierte den Schalter der Mithörfunktion. »Ja, Justus Jonas von den drei Detektiven?«

»Cotta hier«, drang es dumpf aus dem Lautsprecher.

Die drei Detektive tauschten überraschte Blicke aus und begrüßten den Inspektor.

»Hört zu, Jungs!« Seine Stimme klang äußerst ernst. »Justus' Information über Mr Bumblebee und sein Treffen am einundzwanzigsten Juni mit Mrs Franklin hat mir keine Ruhe gelassen. Ich bin der Sache sogleich nachgegangen und habe den Anwalt angerufen. Er hat alles bestätigt. Seiner Aussage nach erhielt er an dem besagten Morgen gegen neun Uhr einen Anruf von Mrs Franklin. Sie bat ihn, auf schnellstem Wege zu ihr nach Little Rampart zu kommen, um mit ihm eine dringende Angelegenheit unter vier Augen zu besprechen. Eigentlich war Bumblebee gerade im Begriff, in den Urlaub zu fliegen. Dennoch kam er ihrem Wunsch nach, legte auf dem Weg zum Flughafen einen Zwischenstopp ein und stattete der Frau in ihrem Bungalow gegen neun Uhr dreißig schnell noch einen Besuch ab.«

»Interessant …«, ließ Justus verlauten, während sich Bob vom Boden erhob und näher an den Lautsprecher herantrat.

»Der Notar, der Mrs Franklin nie zuvor gesehen hatte, wurde von ihr mit knappen Worten über ihr Krebsleiden unterrichtet. Anschließend erteilte sie ihm schriftlich den Auftrag, als ihr Nachlassverwalter zu fungieren. Dann händigte sie ihm ein versiegeltes Päckchen aus, das er Bob im Falle ihres Todes umgehend persönlich zukommen lassen sollte.«

»Woran sich Mr Bumblebee aber nicht gehalten hat«, ließ Bob den Inspektor wissen. »Denn die drei Tonbänder erhielt ich erst heute Vormittag.«

»Diese Verzögerung kam laut dem Notar deswegen zustande, weil er die Dokumente und das Päckchen auf dem Flughafen in einem Schließfach deponiert hatte. Als er gestern von seinem Urlaub in die Kanzlei zurückkehrte, schickte er die Benachrichtigung gleich an dich raus, die dich dann wohl heute Morgen erreicht hat. Er bedauert diesen Missstand zutiefst. Jedoch konnte er ja nicht voraussehen, dass seine neue Klientin so schnell das Zeitliche segnen würde.«

»Wobei sie paradoxerweise bei seinem Eintreffen in ihrem Bungalow schon seit mindestens siebeneinhalb Stunden tot war«, rief Justus dem Inspektor ins Gedächtnis zurück. »Haben Sie Mr Bumblebee mit dieser Tatsache konfrontiert?«

»Selbstverständlich. Das war ja der Grund meines Anrufs«, entgegnete Cotta gereizt. »Aber der Notar schwört einen Eid darauf, dass seine Angaben hieb- und stichfest sind. Als er sich von Mrs Franklin verabschiedete, merkte sie an, sich recht müde zu fühlen und sich daher sogleich im Bett ausruhen zu wollen. Mehr konnte er seinem Bericht nicht hinzufügen.«

Den Ersten Detektiv beschlich eine leise Vorahnung. »Aber das ist nicht der alleinige Grund, weshalb Sie uns jetzt anrufen, richtig?«

»Richtig, Justus, und ich baue darauf, dass sich deine Vermutung bewahrheiten wird, da ich sonst in arge Schwierigkeiten kommen könnte.«

Mit weichen Knien ließ sich Bob auf den Drehstuhl sinken und umklammerte die Armlehnen mit festem Griff. »Wie meinen Sie das, Sir?«

»Bisher hatte ich selten Anlass, an eurem Sachverstand zu zweifeln, Jungs. Hinzu kommen Bumblebees Aussage und der Autopsiebericht des Gerichtsmediziners.« Cotta atmete tief durch. »Aufgrund dieser Konstellation und der daraus resultierenden Wahrscheinlichkeit habe ich soeben meinen Chef überzeugen können, den Antrag eines Eilverfahrens zu bewilligen. Alles Nötige dafür ist bereits in die Wege geleitet und für morgen Vormittag um elf Uhr terminiert.«

Peter stutzte. »Ein Antrag im Eilverfahren wurde bewilligt? Und was genau ist für morgen Vormittag um elf Uhr terminiert?«

»Die Exhumierung von Clarissa Franklins vermeintlichem Leichnam«, entgegnete Cotta ohne jegliches Anzeichen einer Emotion. »Und da ihr drei neben Mr Bumblebee wichtige Zeugen in dieser prekären Angelegenheit seid, solltet ihr euch morgen auf dem Zentralfriedhof von Little Rampart einfinden, um entweder einen Betrug oder in einem eher unwahrscheinlicheren Fall die Identität der *tatsächlich* verstorbenen Mrs Franklin zu bestätigen.«

»Das … ist nicht Ihr Ernst?«, konnte Peter Cottas Worte kaum glauben und war zu keiner weiteren Reaktion fähig.

»Mein voller Ernst«, entgegnete dieser wie selbstverständlich. »Dazu werde ich die Zustimmung eurer Erziehungsberechtigten einholen. Doch wenn ihr euch dieser Sache nicht gewachsen fühlen solltet, könnte ich euch stattdessen anschließend auch die Fotos des geöffneten Sarges vorlegen. Dafür hättet ihr mein vollstes Verständnis.«

Justus winkte gelassen ab. »Ich überlasse es Peter und Bob, ob sie mich morgen zum Friedhof begleiten möchten oder nicht. Meine Einstellung hat sich nicht geändert, Sir. Ich bin nach wie vor der festen Überzeugung, dass Mrs Franklin uns mit ihrem Ableben zum Narren gehalten hat.«

»Wir sehen uns dann auf dem Friedhof.« Der Inspektor schien plötzlich unter Zeitdruck zu stehen. »Allein, zu zweit oder zu dritt. Ich wünsche euch noch einen angenehmen Abend!«

Nachdem Justus aufgelegt hatte, wandte er sich euphorisch seinen Freunden zu. »Also, Kollegen, die Würfel sind gefallen! Stellt ihr euch der Herausforderung oder soll ich euch morgen vertreten?«

»Damit ich als Feigling dastehe? Das könnte dir so passen, Erster! Aber wie sieht es mit dir aus, Bob? Du scheinst mir seit heute Mittag völlig neben der Spur zu sein.«

Treffender hätte Peter seinen Eindruck nicht wiedergeben können. Apathisch verharrte Bob noch immer auf dem Drehstuhl und schwitzte aus allen Poren. Dann blickte er kurz auf. »Ganz gleich, wo sich Clarissa derzeit befindet, Freunde, das alles ist für mich ziemlich unerheblich. Vielmehr beschäftigt mich die Frage, was mir diese Frau auf den Tonbändern mitteilen wollte, zumal sich die dritte ungehörte Nachricht noch immer im Besitz eines uns unbekannten Diebes befindet.« Er rieb sich die müden Augen. »In was für eine Geschichte könnte ich in der Vergangenheit mit Clarissa und diesem Cliffwater verstrickt gewesen sein, die bis heute angeblich noch immer nichts an Brisanz verloren hat?«

»Ich an deiner Stelle würde keinen Pfifferling auf diese irren Andeutungen geben«, sprach Peter die Empfehlung aus. »Der Franklin ist nicht bis zur nächsten Straßenecke zu trauen. Sie handelt stets nur aus egoistischen Motiven, ohne jedes Mitgefühl für andere.«

Bob presste die Kiefer aufeinander und erhob sich unerwartet vom Stuhl. »Ich bin hundemüde und muss dringend ins Bett. Wir sehen uns morgen um elf Uhr auf dem Friedhof.«

Peter und Justus waren zu perplex, um auf das plötzliche und seltsame Verhalten ihres Freundes reagieren zu können. Ohne sich noch einmal umzudrehen, hatte Bob die Zentrale verlassen.

Schock

Ein gelbes Absperrband mit der Aufschrift *Police Line – Do Not Cross* umgab das Areal von Mrs Franklins Grabstätte, als Justus und Peter am nächsten Vormittag auf dem Friedhofsgelände in Little Rampart eintrafen. Schon von Weitem entdeckten die beiden Jungen Bob, der gemeinsam mit Inspektor Cotta und vier weiteren Männern neben dem freigeschaufelten Erdloch stand und ausdruckslos auf den ausgehobenen Sarg blickte. Cotta winkte Justus und Peter zu sich heran.

»Hi, Bob, guten Morgen, Inspektor!«, begrüßte Justus die beiden, woraufhin Cotta die anwesenden Personen einander vorstellte: »Mr J.R. Bumblebee, der Notar und Nachlassverwalter von Mrs Franklin, der zuständige Gerichtsmediziner Mr Powers, Mr Miller und Mr Smith, die zwei Angestellten des hiesigen Friedhofs, die gleich für uns den Sarg öffnen werden. Das sind Justus Jonas, Peter Shaw und Bob Andrews.«

Die Anwesenden nickten einander kurz zu. Die drei Detektive traten näher zusammen, während Mr Powers den zwei

Angestellten ein kurzes Handzeichen gab. »Sie können beginnen.«

Justus ergriff Bobs Hand und drückte sie fest. »Vertraue meinem Instinkt«, raunte er ihm leise zu. »Es wird sich alles klären! Gleich werden wir die Gewissheit haben, dass Mrs Franklin sich ihres Lebens freut. Darauf kannst du Gift nehmen.«

Die zwei Angestellten machten sich an dem Sarg zu schaffen und hoben schließlich den Deckel ab.

Bob geriet in Schockstarre. Er hatte genug gesehen und presste die Hände vor die Augen.

Cotta benötigte einen Moment länger, um die Situation zu erfassen. Er trat einen Schritt näher an den geöffneten Sarg heran und versperrte so Justus die Sicht. Einige Sekunden blieb er regungslos davor stehen, bis er seine Fassung zurückerlangte. »Du hast dich geirrt, Justus. Du hast dich, verdammt noch mal, geirrt!«

»Du meine Güte!« Peter wandte sich schockiert ab. »Es ist Mrs Franklin … tatsächlich!«

»Und was sagen *Sie*?«, wollte Cotta von Mr Bumblebee wissen. »Ist das die Frau, mit der Sie sich am einundzwanzigsten Juni getroffen haben?«

Der Notar rückte seine Brille zurecht und begutachtete die Leiche eingehend. »Ja. Eindeutig. Eine Verwechslung ist ausgeschlossen.«

»Das sehe ich genauso«, schloss sich der Gerichtsmediziner an. »Alles andere hätte mich auch zutiefst überrascht.«

»Aber wie erklären Sie sich den Zeitpunkt, zu dem Mr Bumblebee sich mit Mrs Franklin an besagtem Tag traf?«, wollte sich Justus, der den Leichnam nun ebenfalls begutachtet hatte, nicht geschlagen geben. »Laut Ihrer Autopsie war die vor uns liegende Tote da schon seit mindestens siebeneinhalb Stunden nicht mehr am Leben. Das bedarf meiner Meinung nach einer Klärung.«

»Ich habe eine reine Weste«, beharrte Mr Bumblebee auf seiner Aussage. »Was sich anhand des eingegangenen Anrufs von Mrs Franklin in meiner Kanzlei auch sicher beweisen lässt.«

Cotta hob beschwichtigend die Hand. »Das haben wir längst überprüft, und deshalb stehen Sie bei uns nicht mehr unter Verdacht. Aufgrund der vielen Ungereimtheiten wird die Leiche einer weiteren Obduktion unterzogen.« Cotta schaute zu Mr Bumblebee. »Und Ihnen danke ich für Ihre Kooperation, Sir. Sicher haben auch Sie heute noch einen vollen Terminkalender.«

»So ist es. Dann werde ich hier nicht mehr gebraucht?«

»Nein. Das gilt für euch Jungs ebenfalls.« Cottas Tonfall sagte den drei Detektiven alles.

Justus spürte, dass dem Inspektor das unerwartete Resultat der Aktion ziemlich sauer aufstieß. Deshalb biss er sich auf die Zunge, um eine hitzige Diskussion zu vermeiden. Der Notar verabschiedete sich von den Anwesenden und entfernte sich gemächlich Richtung Ausgang.

»Wir brechen auch auf, Kollegen«, gab der Erste Detektiv die Order. »Auf Wiedersehen, Inspektor und Mr Powers!«

Der Gerichtsmediziner lächelte verkniffen, während sich Cotta wortlos von den Jungen abwandte.

Justus ließ diese Demütigung an sich abperlen, zumal ihm vollends bewusst war, dass der Inspektor für diesen Misserfolg bei seinem Vorgesetzten geradestehen musste. Er eilte voran, um Mr Bumblebee noch einzuholen.

»Kommst du, Bob?«, rief Peter seinem Freund zu, der noch einmal an den geöffneten Sarg herangetreten war, um einen letzten Blick auf die Tote zu werfen.

»Geht schon mal vor, ich komme gleich nach.«

»Okay. Aber lass uns nicht zu lange warten, denn unserem Ersten scheint etwas gewaltig unter den Nägeln zu brennen.« Mit schnellen Schritten heftete er sich an Justus' Fersen und sah, dass dieser sich mit Mr Bumblebee unterhielt.

»... wird sich sicher bald aufklären, Sir. Doch gestatten Sie mir eine kurze Frage: Wissen Sie, was nun mit Mrs Franklins Möbeln und Hausinventar geschieht?«

»Bedaure«, wehrte Mr Bumblebee entschieden ab. »Solche Informationen obliegen meiner Schweigeplicht. Wiederum würde mich aber interessieren, weshalb ausgerechnet du das wissen willst?«

Der Erste Detektiv frohlockte. »Weil mein Onkel in Rocky Beach einen Gebrauchtwarenhandel betreibt und auf Haushaltsauflösungen spezialisiert ist. Peter, Bob und ich gehen ihm dabei des Öfteren zur Hand. Sie würden garantiert nirgends bessere Gewinne erzielen.«

»Das kann ich nur bestätigen«, trat Peter hinzu. »Mr Titus

Jonas ist auf diesem Sektor der beste Geschäftspartner, den Sie weit und breit finden können.«

Der Notar blieb stehen, zögerte und strich sich durch den Bart. »Ich habe tatsächlich schon überlegt, wie ich mit Mrs Franklins Hausrat verfahren soll. Auf den ersten Blick sind mir in ihrem Bungalow zwar keine erwähnenswerten Einrichtungsgegenstände ins Auge gefallen, aber das eine oder andere Möbelstück könnte für deinen Onkel dennoch interessant sein.«

Bingo!, triumphierte Justus insgeheim, während Peter fragend nach Bob Ausschau hielt. Dann entdeckte er ihn. Der dritte Detektiv hatte sich von der Grabstätte entfernt und war hinter einen imposanten Eukalyptusbaum getreten. Peter stutzte.

»Ich bin mir ziemlich sicher, dass Sie und mein Onkel schnell handelseinig werden, Sir!«, erwiderte Justus strategisch. »Allerdings wäre es von großem Vorteil, wenn wir den Hausrat vorab kurz begutachten könnten, bevor wir meinen Onkel hinzuziehen. Ich würde ein paar Fotos machen, die ich ihm dann zeige.«

Mr Bumblebee warf einen beschäftigten Blick auf seine Armbanduhr. »Mein nächster Termin steht erst in knapp einer Stunde an. Seid ihr mit einem Wagen hier?«

Peter nickte.

»Also schön. Mrs Franklins Bungalow liegt auf meiner Strecke. Wenn ihr nicht allzu viel Zeit für eine Begehung benötigt, lässt sich das noch dazwischenschieben. Am besten fahre ich voraus und ihr hängt euch dran.« Er wandte sich um und blickte zur Grabstätte hinüber. Inspektor Cotta stand noch immer debattierend mit dem Gerichtsmediziner am Sarg. »Doch solange die polizeilichen Ermittlungen nicht abgeschlossen sind, kann ich mit deinem Onkel keinen Kaufvertrag abschließen. Demnach bleibt es zunächst nur bei einer Vorabbegehung. Klar?«

»Selbstredend, Sir!«, stimmte Justus fachmännisch zu und tippte Peter auf die Schulter. »Wir sollten keine Zeit verlieren. Lauf zu Bob und gib ihm Bescheid. Ich gehe mit Mr Bumblebee schon mal voraus. Wir treffen uns dann auf dem Parkplatz.«

Der Zweite Detektiv grinste verunsichert und setzte sich in Bewegung. Noch immer waren Cotta und Mr Powers in ihr Gespräch vertieft, weshalb die beiden keine Notiz davon nahmen, wie Peter auf den Eukalyptusbaum zuging. Er blieb dicht davor stehen und rief verhalten: »Kommst du, Bob? Wir müssen los!«

Peter stutzte. Denn auf seinen Zuruf erfolgte keine Reaktion.

»Bob? Ist alles okay?«

»Ja, doch …«, ertönte es hinter dem Baum. »Alles gut …« Doch der Tonfall seiner Stimme klang nach dem genauen Gegenteil. Beunruhigt trat der Zweite Detektiv näher und hielt irritiert inne. Bob lehnte am Stamm, das Gesicht in den Händen vergraben.

»Hey …« Zaghaft stupste Peter ihn an. »Was ist denn los?«

Langsam, wie in Zeitlupe löste Bob die Hände vom Gesicht. Verzweifelt, unfähig etwas zu sagen, blickte er seinen Freund an. Mehrere Sekunden. Dann verlor er die Beherrschung und begann hemmungslos zu weinen …

Erkenntnis

Noch nie zuvor hatte Peter bei Bob solch einen heftigen Gefühlsausbruch erlebt, und er wusste im ersten Moment nicht, wie er darauf reagieren sollte. Doch dann legte er die Hand auf Bobs Schulter und sah ihn fragend an.

Der dritte Detektiv wischte sich über die nassen Augen. »Ich weiß wirklich nicht, was ich davon halten soll. Erst ist sie tot … dann doch lebendig … und jetzt ein für alle Mal tot. Frag mich nicht, warum, aber das geht mir einfach an die Nieren.«

Aus seinem Blouson zog Peter ein Taschentuch hervor und reichte es Bob. »Ich will ja nicht unsensibel sein, aber die Zeit drängt. Unser Erster hat Mr Bumblebee gegenüber das Gebrauchtwarencenter T. Jonas als möglichen Käufer für Mrs Franklins Hausstand ins Spiel gebracht. Bumblebee hat angebissen. Wir fahren mit ihm zu ihrem Bungalow.«

Bob schnäuzte sich die Nase. »Was verspricht sich Justus davon?«

»Ich denke mal, dass er sich in Mrs Franklins Haus einfach

mal umschauen möchte. Du kennst doch unseren Ersten. Für ihn ist ein Fall grundsätzlich erst dann beendet, wenn auch das allerletzte Detail geklärt ist. Vielleicht stoßen wir in dem Bungalow ja auf einen Hinweis, wer wiederum Cliffwater die zwei Tonbänder aus seinem Kofferraum geklaut haben könnte. Bist du dabei, oder sollen Just und ich das lieber ohne dich durchziehen?«

Bob schüttelte entschieden den Kopf. »Ich komme mit.«

»Ein Glück!«, erwiderte Peter erleichtert und deutete zum Friedhofsausgang. »Dann los! Die beiden warten schon auf uns.«

»Eins noch, Zweiter!«

»Ja?«

»Bleibt das unter uns?« Mit dem Taschentuch wischte Bob sich die Tränen vom Gesicht. »Ich meine, Justus muss ja nicht unbedingt wissen, dass ich …«

Peter grinste verschmitzt. »Ich habe nichts gesehen. Auf jetzt!«

Als Mr Bumblebee vor Mrs Franklins Bungalow den Haustürschlüssel zückte, schlug Bobs Herz wie wild. Mit einem leisen *Klack* schnappte der Bolzen zur Seite, der Notar drehte am Knauf und öffnete die Tür. Gemeinsam betraten sie den Flur.

Während Mr Bumblebee ins Wohnzimmer ging, registrierte Justus im Flur neben einem Schuhschrank Mrs Franklins Reisekoffer, von dem Cliffwater ihnen berichtet hatte. Seltsamerweise fehlte am Griff der Anhänger mit der Adresse in

Arvin. Er hob den Koffer heimlich kurz an. Dem Gewicht nach zu urteilen, befand sich darin vermutlich rein gar nichts.

»Kommst du, junger Mann?«, rief Mr Bumblebee ungeduldig. »Ich habe gleich noch einen Termin mit einem Klienten.«

Justus stellte den Koffer leise wieder ab und begab sich zu den anderen. Der Notar zog die dichten Samtvorhänge zur Seite. Dann deutete er verunsichert auf das Inventar.

»Ich bin wahrlich kein Experte, um den Wert dieser Gegenstände zu schätzen. Lediglich von diesem Teppich weiß ich, dass Mrs Franklin dafür ein kleines Vermögen hingeblättert hat. Aber bei den übrigen Sachen muss ich leider passen.«

»Darüber sollten Sie sich nicht den Kopf zerbrechen, Sir«, entgegnete Justus, wobei sein Blick an der Regalwand haften blieb, die mit Büchern und Zeitschriften über Psychologie vollgestopft war. »Wie schon gesagt, wird Ihnen mein Onkel bei Interesse einen fairen Preis dafür zahlen.« Er zog sein Handy aus der Tasche und aktivierte den Kameramodus. »Ich werde alles knipsen, was für unseren Gebrauchtwarenhandel in Betracht kommen könnte.«

Mr Bumblebee lächelte erleichtert. »Einverstanden. Aber du solltest dich beeilen. Ich gehe solange nach draußen und telefoniere kurz mit meiner Sekretärin, wenn's euch recht ist.«

»Tun Sie sich keinen Zwang an!«, frohlockte Peter, während Justus bereits eifrig drauflos knipste.

Nachdem der Notar den Bungalow verlassen hatte, wies Justus Peter und Bob aufgeregt flüsternd an: »Schwärmt aus, Kollegen! Du, Peter, durchsuchst schleunigst die Schubladen des Sekretärs und die Fächer der Büroablage. Knips mit deinem Handy alles, was dir auch nur annähernd wichtig erscheint! Dokumente, Notizbücher oder Ähnliches. Und du, Bob, schaust, ob sich in dem Wandschrank vielleicht noch weitere Tonbänder befinden.«

»Mir behagt es ganz und gar nicht, in Clarissas privatem Nachlass herumzuschnüffeln. Was versprichst du dir davon?«, flüsterte Bob angstvoll zurück.

Anstatt eine Antwort zu geben, huschte der Erste Detektiv schnell zum Fenster und spähte in den Vorgarten. Mr Bumblebee stand auf dem Bürgersteig und telefonierte geschäftig mit seiner Sekretärin. »Wer weiß, wie lange dieses Gespräch dauert? Deshalb plädiere ich für höchste Eile.«

Ohne weitere Fragen zu stellen, folgten die beiden Justus' Anordnungen, während dieser zum Regal ging und die Buchrücken inspizierte. Plötzlich hielt er inne, zog ein unbeschriftetes, in braunes Leder gebundenes Exemplar heraus, schlug es auf und blätterte hastig von Seite zu Seite. Dann legte er das Buch aufgeschlagen auf den Boden, fotografierte eine Doppelseite, blätterte um und machte weitere Aufnahmen.

»Achtung!« Aufgeregt wies Peter Richtung Fenster und stieß eine Schublade zu. »Bumblebee kommt zurück!«

Bob verpasste der Schranktür einen heftigen Stoß, und Justus gelang es in letzter Sekunde, das Buch zurück ins Regal zu schieben. Als der Notar das Wohnzimmer betrat, hatten sich die drei Detektive bereits wieder voll im Griff, was sich an der Reaktion Bumblebees deutlich zeigte.

»Oha, euren Gesichtern zufolge seid ihr also schon fertig mit den Fotos?«

»Alles längst im Kasten«, log Justus. »Ich bin gespannt, was mein Onkel zu den Sachen sagt.«

»Ich ebenso.« Mr Bumblebee warf einen Blick auf seine Armbanduhr. »Dann lasst uns jetzt von hier verschwinden. Mein Klient wartet schon in der Kanzlei auf mich.«

Nachdem sie den Bungalow verlassen hatten und der Notar mit seinem Wagen davongefahren war, verzog Peter das Gesicht. »Also, mein Einsatz war eine einzige Pleite. In den Unterlagen war rein gar nichts, was für uns interessant wäre.«

»Und im Wandschrank waren lediglich ein paar alte Schallplatten mit Jazzmusik.«

»Kopf hoch, Kollegen!« Der Erste Detektiv grinste erhaben und tippte dabei auf sein Handy. »Wir fahren auf dem schnellsten Weg zur Zentrale. Sobald wir mein Handy an unseren Rechner angeschlossen haben, werdet ihr euer blaues Wunder erleben.«

»Blaues …?« Bob hasste solch kryptische Andeutungen seines Freundes.

»Oder eher schwarz-weißes. Wartet's ab!«

Tief durchatmen

Nachdem Justus in der Zentrale den Rechner hochgefahren hatte, brauchte er nur wenige Sekunden, bis sein Handy mit dem Computer verbunden war. Der Erste Detektiv wies seine Freunde an, sich vor dem Monitor zu platzieren, und klickte mit der Maus eine Datei an.

Mit mulmigem Gefühl ließ sich Bob auf den klapprigen Drehstuhl sinken. »Warum gibst du nicht endlich Ruhe, Erster? Kann dein Ego es denn nicht akzeptieren, dass die drei ??? einen Fall auch mal *ungeklärt* zu Grabe tragen?«

»So ist es«, entgegnete Justus andächtig. »Und es erfüllt mich mit Genugtuung, doch noch etwas *aus* dem Grab gezerrt zu haben, was euch mit Sicherheit die Sprache verschlagen wird.«

»So?« Peter machte es sich auf dem Sessel bequem, von dem aus er den Monitor gut im Blick hatte. »Dann bring uns mal zum Staunen!«

Mit weiteren Mausklicks rief Justus zwei Fotos auf, schob diese nebeneinander und deutete auf den Bildschirm. »In Mrs

Franklins Bücherregal bin ich vorhin auf eines ihrer Fotoalben gestoßen, Kollegen. In der Eile konnte ich nur ein paar Bilder abfotografieren, aber die genügen, um zu zeigen, was für eine skrupellose Frau Mrs Franklin ist.«

Gebannt starrte Bob auf die beiden Fotos. Das rechte war die farbige Porträtaufnahme einer etwa dreißigjährigen Frau, die freundlich lächelnd in die Kamera blickte.

»Das ist Mrs Franklin«, erkannte Peter die Psychologin sofort. »Meiner Schätzung nach ist die Aufnahme vor etwa zwanzig Jahren gemacht worden. Schon damals trug sie dieselbe Frisur.«

Der Erste Detektiv sprach weiter. »Ich habe dieses Bild neben die linke Fotografie platziert, damit ihr erkennt, um wen es sich bei der Person auf der Schwarz-Weiß-Aufnahme handelt.«

»Das niedliche Baby mit dem geblümten Strampelanzug auf dem Eisbärenfell?« Bobs Augen verengten sich zu schmalen Schlitzen und er verglich die Fotos miteinander. »Die Augen … die geschwungenen Brauen und das verschmitzte Lächeln … Das ist Clarissa Franklin als Baby.«

»Ja, richtig!« Mit einem Satz sprang Peter auf, um die Aufnahmen nun ebenfalls näher in Augenschein zu nehmen. »Aber ein Foto, auf dem unsere ehemalige Pseudo-Psychologin als Baby abgebildet ist, verschlägt mir noch nicht die Sprache.«

»Warte es ab, Zweiter.« Nun rief der Erste Detektiv ein drittes Foto auf. Auch hierbei handelte es sich um eine Schwarz-Weiß-Aufnahme, auf der Mrs Franklin auf einem Spielplatz ebenfalls als Baby in einem Kinderwagen zu erkennen war.

Beklommen zuckte Bob zusammen. »Das Foto wurde senkrecht in der Mitte durchgerissen ... Warum fehlt denn die andere Hälfte? Wer macht denn so was?«

»Das habe ich mich beim Durchblättern des Albums auch gefragt, Kollegen.« Justus' Tonfall wurde ernst. »Doch auf der nächsten Seite wurde mir auf einmal alles klar.«

Bob wurde leichenblass. »Wie ... meinst du das?«

Wortlos lud Justus ein viertes Foto hoch: Der gleiche Spielplatz wie auf dem Bild zuvor, im Vordergrund ein Kinderwagen.

Peters Puls beschleunigte sich. »Das gibt es doch nicht ...« Aufgeregt tippte er mit dem Finger auf den Bildschirm. »Da! Derselbe Kinderwagen wie auf dem anderen Foto! Aber ...«

»Du hast es erfasst.« Justus vergrößerte das Bild. »Mrs Franklin scheint dieses Foto übersehen zu haben, denn sonst wäre sie mit *dieser* Aufnahme ebenso verfahren wie mit der vorigen und hätte den unerwünschten Teil abgerissen.«

»Ein Doppelkinderwagen ...« Bob war kaum in der Lage zu sprechen. »Neben dem Baby liegt ein zweites, das dem ersten verblüffend ähnlich sieht ...«

Peter geriet irritiert ins Stammeln. »A... aber ... das würde ja ... bedeuten ...«

»Dass Mrs Franklin eine Zwillingsschwester hat«, führte Justus den Satz weiter aus. »Und nach allem, was wir bisher herausgefunden haben, gehe ich davon aus, dass unsere Widersacherin sich auch weiterhin unter den Lebenden befindet und statt ihrer ihre Schwester beerdigt wurde.«

Diesen Schock mussten die drei ??? erst mal verdauen. Doch dann fassten sie einen Plan. Wie es der Zufall wollte, fand der dritte Detektiv nach einigen Recherchen im Internet heraus, dass in dieser Woche in Arvin eine Comicmesse stattfand, die die drei ??? um jeden Preis besuchen wollten. Diesen Bären banden Bob und Peter geschickt ihren Eltern auf, um von ihnen die Erlaubnis zu erhalten, am nächsten Tag gemeinsam mit Justus nach Arvin fahren zu dürfen. Nach kurzem Zögern willigten diese schließlich ein, und auch Mr und Mrs Jonas wollten ihrem Neffen den Wunsch nicht abschlagen.

Jedoch war der Grund für ihre Reise nicht die Comicmesse. Nach einer zweistündigen Fahrt in Peters MG kamen sie zum Bear Mountain Boulevard 23 in Arvin, einer Kleinstadt in einer wüstenähnlichen Gegend Kaliforniens. Es war keine lange Fahrt gewesen, dennoch war Peter erleichtert, als er den Wagen zum Stehen brachte und den Motor ausschaltete.

»Oh Mann …« Durch das Seitenfenster warf Bob einen Blick auf das hektargroße umzäunte Anwesen. Darauf stand ein hochherrschaftliches Haus mit Marmorsäulen und einem großen Swimmingpool.

»Es scheint jemand zu Hause zu sein. Seht ihr den Jeep, der vor der Garage parkt?« Voller Tatendrang löste Justus seinen Gurt und öffnete die Beifahrertür. »Also, Kollegen, worauf wartet ihr noch?«

Als die Jungen aus dem Wagen stiegen, schlug ihnen heiße Wüstenluft entgegen. Justus wies auf das benachbarte Anwesen, auf dem ebenfalls ein Wagen parkte, ein schwarzer Buick.

»Ich denke, wir sollten zunächst die Gelegenheit nutzen, noch weitere Informationen über unsere Zielperson einzuholen, bevor wir ihr auf den Pelz rücken.«

Peter nickte zustimmend. »Wissen ist Macht! Und wer weiß, in welchem Verhältnis die Nachbarn hier zueinander stehen? Je schlechter die Beziehung, desto mehr wird über den anderen getratscht. Versuchen wir unser Glück!«

Mit schnellen Schritten eilte der Erste Detektiv auf das benachbarte Grundstück zu. Peter folgte. Bob bildete das Schlusslicht. Bevor Justus an der Haustür den Klingelknopf betätigte, warf er einen kurzen Blick auf das metallene Namensschild am Türrahmen: *Robert Meyer.* Dann schritt er zur Tat und klingelte. Die Freunde mussten nicht lange warten. Als sich die Tür öffnete, stand vor ihnen ein Mann fortgeschrittenen Alters. Seine Gesichtshaut glich einer gegerbten Lederhandtasche, der dichte Vollbart war ergraut und die schwieligen Hände ließen darauf schließen, dass er körperliche Arbeit nicht scheute.

»Ja?« Prüfend musterte er die Jungen. »Was gibt's denn?«

»Entschuldigen Sie die Störung, Sir«, mimte Justus den Unwissenden. »Wir sind auf der Suche nach einer gewissen Mrs Franklin. Sie soll hier in der Nachbarschaft wohnen. Könnten Sie uns da vielleicht weiterhelfen?«

»Franklin? Oh ja. Sie bewohnt das Grundstück zur rechten Seite, direkt nebenan.« Vom Sonnenlicht geblendet blinzelte der Mann. Dann zögerte er. »Ich will ja nicht neugierig erscheinen, aber verratet ihr mir, was euch zu Mrs Franklin führt? Euer Auftauchen erscheint mir nämlich recht seltsam …«

Peter stutzte. »Wie meinen Sie das?«

»Nun ja ... ohne abfällig zu klingen ...« Er warf einen kurzen Blick zum Nachbargrundstück hinüber. »Es scheint mir doch äußerst fragwürdig, ob Cassandra euch empfangen kann. Oder habt ihr euren Besuch angekündigt?«

Justus schüttelte den Kopf. »Es handelt sich um eine Überraschung, Sir, und offen gestanden kennen wir Mrs Franklin noch nicht besonders gut. Doch Ihre Reaktion lässt mich aufhorchen. Würden Sie uns mehr darüber sagen?«

»Das tue ich gern. Denn bevor ihr der Frau gleich eure Aufwartung macht, halte ich es für angebracht, euch über gewisse Dinge zu unterrichten, damit ihr nicht blindlings ins Messer lauft.«

Zehn Minuten später stellte der Erste Detektiv erleichtert fest, dass sich das brusthohe Holztor zu Mrs Franklins Anwesen mühelos öffnen ließ. »Mir nach!«, raunte er seinen Freunden zu. »Und lasst euch durch nichts verunsichern. Wir haben alle Trümpfe in der Hand.«

Nachdem Peter das Tor hinter sich geschlossen hatte, vernahm er plötzlich in unmittelbarer Nähe ein bedrohliches Knurren. Entsetzt wandte er sich um und deutete mit zitternder Hand zur rechten Seite auf eine große Hundehütte, aus der in diesem Moment ein schwarzer Rottweiler hervorschoss. Erschrocken wich Peter zurück. Er wollte gerade aufschreien, als er in letzter Sekunde erkannte, dass der Hund mit einer Leine an der Hütte festgebunden war. Erleichtert atmete Peter auf.

»Ruhig, Bruno … Ganz brav …«, trat Justus mutig näher, um das Tier leise zu besänftigen. »Wir tun dir doch nichts und sind ganz friedlich!« Sanft strich er über den Kopf des Hundes, worauf der Rottweiler handzahm wurde und zu winseln begann.

»Ist das Mrs Franklins Hund, von dem uns Cliffwater erzählt hat?«, fragte Peter erstaunt, nachdem sich der Schrecken wieder gelegt hatte.

Justus nickte. »Der helle, herzförmige Fleck zwischen den Augen lässt keine Verwechslung zu.« Er machte sich daran, das lange Ende der Leine von dem Metallring an der Hundehütte zu lösen.

»Was soll das werden, Erster?«, trat nun auch Bob näher.

»Ein kleines und hoffentlich effizientes Experiment.« Der Erste Detektiv umfasste die Leine und tätschelte dem Rottweiler das Fell. »Begleitest du uns zum Haus, Bruno?«

Der Hund bellte kurz auf. Dann wandte sich Justus Bob zu. »Hast du in der Zwischenzeit alles in die Wege geleitet?«

»Auftrag ausgeführt«, flüsterte er. »Dann geht es jetzt los?«

»So ist es. Mir nach!«

Mit Bruno an der Leine gingen die drei Detektive auf das Haus zu, während Bob auf dem Weg dorthin vor Aufregung das Herz bis zum Hals schlug. An der Haustür angekommen, inspizierte Justus das kleine Schild neben dem Klingelknopf: *C. Franklin.*

»Hier sind wir richtig, Kollegen!« Er atmete noch einmal tief durch und klingelte.

Richtig geschlussfolgert

Einige Sekunden vergingen. Nichts regte sich. Justus war gerade im Begriff, ein weiteres Mal auf den Knopf zu drücken, als er Schritte aus dem Inneren des Hauses vernahm. Ein Schlüssel rumorte im Schloss, dann öffnete sich die Tür.

»Ja, bitte?« Die Frau verharrte im Türrahmen und musterte die Jungen missbilligend. Sie trug eine Bluse im Cowboy-Look, eine beigefarbene Pluderhose, dazu weiße Westernboots. »Falls ihr für irgendeinen Verein Geld sammelt, muss ich euch leider enttäuschen. Mein soziales Herz oder besser gesagt meine Geldbörse öffnet sich prinzipiell erst kurz vor Weihnachten.«

Die drei Detektive hatten sich auf *alles* vorbereitet, doch mit solch einer unverfrorenen Reaktion hatte keiner von ihnen gerechnet.

Erst jetzt bemerkte die Frau den Rottweiler, dessen drohendes Knurren sie mit einem kalten Lächeln ignorierte. »Oh, da hab ich euch wohl unrecht getan! Ihr seid sicher gekommen, um zu fragen, ob ihr meinen Hund ausführen dürft, richtig?«

»Mit Verlaub, wir haben die lange Anreise nicht wegen Bruno angetreten, sondern Ihretwegen, Madam!«, ging Justus in die Offensive. »Es gibt da wohl einige Dinge zu klären …«

Augenblicklich gefror ihr Lächeln. »Was soll das heißen? Und woher kennst du den Namen meines Hundes?«

»*Ihres* Hundes? Oder des Hundes Ihrer bedauernswerten Schwester?«, platzte es unkontrolliert aus Peter hervor, obwohl die drei Detektive im Vorfeld eine andere Strategie vereinbart hatten. »Wir sind Ihnen auf die Schliche gekommen, Mrs Franklin, und hier, um Ihnen persönlich ins Gesicht zu sagen, dass wir nicht so dämlich sind, wie Sie gerade aus der Wäsche gucken!«

»Vorsicht, junger Mann …« Drohend hob sie die Hand und trat einen Schritt auf Peter zu. »Ich weiß zwar nicht, wer ihr seid und wovon ihr sprecht, aber wenn du mir noch eine weitere Beleidigung an den Kopf wirfst, erteile ich dir eine Lektion, die du dein Lebtag nicht vergessen wirst!«

»Moment!«, ging Justus dazwischen, um die Situation nicht vorzeitig eskalieren zu lassen. »Ruhe und Gelassenheit lautet die Parole, die für uns alle gelten sollte, und daher möchte ich uns Ihnen, um jegliche Missverständnisse zu vermeiden, erst einmal vorstellen: Das sind meine Freunde Peter Shaw, Bob Andrews, und ich bin …«

»Sollten wir das wirklich hier draußen besprechen?«, fiel Peter seinem Freund ins Wort. »Die Sonne knallt mir gehörig auf den Schädel, und ehrlich gesagt könnte ich nach der langen Anreise einen Schluck Wasser vertragen.«

»Worum geht es denn?«, entgegnete Mrs Franklin ungehalten. »Meine Zeit ist weitaus kostbarer als die eure, also fasst euch bitte kurz.«

Justus lächelte überheblich. »Verstehe. Wären Sie dann zunächst so freundlich, uns auch Ihren vollen Namen zu nennen, Madam?«

»Franklin. Cassandra Franklin. Warum seid ihr hier?«

Der Erste Detektiv hatte sich im Vorfeld seine Worte gut zurechtgelegt. »Wir drei stammen aus Rocky Beach und sind mit Ihrer Schwester Clarissa, die dort ebenfalls einige Zeit verbracht hat – und der Sie verblüffend ähnlich sehen –, des Öfteren … nun ja … aneinandergeraten.«

Ihr Gesichtsausdruck zeigte keine Regung. »Was interessiert mich das? Clarissa und ich pflegen seit dreißig Jahren keinen Kontakt mehr miteinander. Ich kann euch nichts über meine Schwester berichten. Sonst noch was?«

»Allerdings«, entgegnete Justus forsch. »Aber das sollten wir wirklich besser drinnen besprechen.«

Unschlüssig presste die Frau die Lippen aufeinander. »Also schön«, lenkte sie nach kurzem Zögern ein, trat einen Schritt zur Seite und gab den Weg frei. »Für eure Erklärung gebe ich euch drei Minuten, aber danach verschwindet ihr wieder dorthin, wo ihr hergekommen seid!«

Mrs Franklin führte die drei Detektive über den Flur in einen geräumigen Wohnraum, an dessen Decke ein rotierender Ventilator für angenehme Kühle sorgte. Bruno wich nicht von Justus' Seite und warf der Frau feindselige Blicke zu. Wortkarg wies sie in dem geschmackvoll eingerichteten Raum auf die luxuriöse Ledercouch. »Setzt euch.«

Die Jungen folgten der Aufforderung, während die Frau, statt ihren Besuchern ein Glas Wasser anzubieten, auf dem gläsernen Couchtisch nach einer Zigarettenschachtel griff und sich nervös einen Glimmstängel ansteckte. »Also bitte: Ich höre!«

»Ihrem Verhalten nach zu urteilen, sind Sie wohl noch nicht darüber im Bilde, dass Ihre Schwester vor einigen Tagen in Rocky Beach verstorben ist«, ließ Justus schonungslos verlauten und deutete auf den dritten Detektiv. »Unmittelbar danach hat Bob von einem Anwalt drei Tonbänder erhalten, die Clarissa anscheinend nur wenige Tage vor ihrem Ableben selbst besprochen hat. Sie berichtete darauf von ihrer unheilbaren Krankheit und beschwor Bob, unbedingt auf ihrer bevorstehenden Beerdigung zu erscheinen. Sie war felsenfest davon überzeugt, dass sich unter den Trauergästen auch diejenige Person befinden würde, die Clarissas unausweichlichen Tod sogar noch beschleunigt haben soll.«

»Und?« Unbeeindruckt blies Mrs Franklin graue Rauchkringel in die Luft. »Was hat das mit *mir* zu tun?«

»Entgegen der Vermutung Ihrer Schwester ließ sich der vermeintliche Mörder auf der Beerdigung jedoch nicht blicken«, referierte Justus beflissen weiter, »und hat uns stattdessen die besagten Tonbänder aus unserer Zentrale gestohlen.«

»Ich kann deinen Ausführungen nur schwer folgen«, entgegnete Mrs Franklin ungehalten. »Kommt noch irgendetwas von Interesse?«

»Oh ja!« Dem Gesichtsausdruck des Ersten Detektivs war die Überlegenheit deutlich anzusehen. »Ihre Schwester, Madam, verfolgte mit den Tonbändern nur ein einziges Ziel: Ihren mutmaßlichen Mörder mithilfe der drei Detektive – das sind *wir* – der Polizei auszuliefern. Und die von Clarissa erbrachten Hinweise führten uns geradewegs zu einem gewissen Jack Cliffwater. Bei ihm fanden wir auch einige Indizien, die den Verdacht nahelegten, dass Ihre Schwester mit ihrer Vermutung ins Schwarze getroffen hatte: Ein von Cliffwater handschriftlich verfasster Brief, in dem er Clarissa mit dem Tode droht, sowie ein Tablettenfläschchen, dessen Inhalt er laut ihrer Aussage mutmaßlich gegen ein Placebo ausgetauscht hat, um ihr Ableben zu beschleunigen. Doch das Ergebnis der Analyse des Medikaments steht noch aus.«

»Chapeau! Ich kann doch hoffentlich davon ausgehen, dass dieser Psychopath bereits in Untersuchungshaft sitzt?« Energisch drückte sie die Zigarette im Aschenbecher aus. »Auch wenn das Verhältnis zu meiner Schwester in den vergangenen dreißig Jahren nur noch aus gegenseitiger Ignoranz bestand, danke ich euch, dass ihr mich über die erschütternden Vorfälle unterrichtet habt.«

Peter bedachte die Frau mit einem verachtenden Blick.

»Apropos Psychopath«, fuhr sie unterdessen fort. »Weiß man denn schon, welche Beweggründe hinter diesem heimtückischen Mord stecken? Habgier scheidet als Motiv ja wohl aus, da meine Schwester in finanziellen Dingen schon von klein auf kein glückliches Händchen hatte und sie somit vermutlich auch in ihrem weiteren Leben keine erwähnenswerten Reichtümer angehäuft haben wird.«

Justus hielt Bruno straff an der Leine. »Soweit wir es beurteilen können, konnte Clarissa in den letzten Jahren wohl tatsächlich keine großen Sprünge mehr machen. Dennoch scheint in diesem undurchsichtigen Spiel einzig und allein das gute alte Geld die Triebfeder des Plans zu sein. Und dieser ist in seiner Ausführung an Niedertracht und Skrupellosigkeit kaum zu überbieten.«

»Inwiefern?«

»Clarissa hat es für Bob so aussehen zu lassen, als hätte sie die besagten Tonbänder *vor* ihrem unaufhaltbaren Ende besprochen …«, ging Justus konsequent in die Zielgerade, worauf sein Gegenüber spöttisch die Mundwinkel verzog.

»Umgekehrt wäre es ja auch paradox!«

»Richtig geschlussfolgert, Madam.« Der Erste Detektiv kniete sich zu Bruno herab und kraulte ihm das Fell. »Doch gerade *dieses* Paradoxon ist eingetreten, da Ihrer Schwester bei der Aufnahme der Tonbänder ein winziges Detail entgangen ist, das eindeutig beweist, dass sie zumindest beim Besprechen des zweiten Tonbandes bereits verstorben war.«

»Wollt ihr mich auf den Arm nehmen?« Ihre Lippen verformten sich zu einem schmalen Strich. »Deine Aussage entbehrt ja wohl jeder Logik.«

»Exakt«, stimmte Justus arglistig zu.

»Und welches Detail soll meiner Schwester entgangen sein, das euch zu solch abstrusen Schlussfolgerungen beflügelt?«

»Vorhin haben wir hier in der Nachbarschaft ein paar Erkundigungen eingeholt, Madam«, ließ sich Justus nicht lange bitten, »wobei wir erfuhren, dass Sie schon seit Jahrzehnten das Leben einer Einsiedlerin führen. Sie vermeiden jeglichen Kontakt zu Ihren Mitmenschen, verlassen Ihr Haus nur höchst selten und öffnen selbst den Personen nicht die Tür, die um Ihr Wohlergehen besorgt sind.«

Bob verharrte schon die ganze Zeit regungslos auf der Couch und betrachtete Mrs Franklin mit ausdrucksloser Miene. Auf Justus' letzte Bemerkung hin fuhr jedoch ein kurzes Zucken um seine Mundwinkel.

»Um mein Wohlergehen? Was meinst du damit?«

»Dazu komme ich gleich«, wehrte er mit einer lapidaren Handbewegung ab. »Nun möchte ich jedoch endlich zum Kern unseres Falles vordringen, Madam, und einen Gedankensprung zum Zeitpunkt *Ihres* Auftauchens in Rocky Beach machen. Ihr Besuch muss nur wenige Tage vor Clarissas Ableben in ihrem Bungalow erfolgt sein, denn in diesem besagten Zeitraum soll sich Ihr Jeep nicht hier vor Ihrem Haus befunden haben.«

Ungehalten ging Mrs Franklin einige Schritte auf die Couch zu. »Augenblick mal, junger Mann! Dir ist wohl entgangen, was ich vorhin bereits deutlich gesagt habe: Ich habe den Kontakt zu meiner Schwester vor über dreißig Jahren rigoros abgebrochen und sie seitdem nicht mehr gesehen. Woher nimmst du die Dreistigkeit, mir eine Lüge zu unterstellen?«

»Weil ich arg in Zweifel ziehe, dass der Rottweiler, den sich Clarissa kurz vor ihrem Ableben in Rocky Beach als Wachhund zugelegt hat, genau denselben weißen herzförmigen Fleck zwischen den Augen haben soll *wie Ihr* Hund, Madam«, brachte es Justus auf den Punkt. »Und da er ebenfalls auf den Namen Bruno hörte, können wir wohl alle davon ausgehen, dass es sich bei dem Hund um ein und dasselbe Tier handelt. Wobei sich die Frage stellt, wer denn nun Brunos rechtmäßige Besitzerin ist beziehungsweise *war*: Sie oder Ihre Schwester?«

»Wer behauptet, mein Hund sei in Rocky Beach gesichtet worden?«, wich Mrs Franklin der Frage gekonnt aus.

Gelassen kraulte Justus Brunos Ohren. »Es ist eine Tatsache und keine Behauptung, Madam. Denn als Jack Cliffwater Ihre Schwester zu Hause aufgesucht hat, konnte er der Versuchung nicht widerstehen, von sich und dem Rottweiler ein Selfie zu schießen. Er hat es uns auf seinem Handy gezeigt«, log er dreist. »Und somit steht eindeutig fest, dass Sie sich mit der Hundegeschichte in ein Lügenkonstrukt verwickelt haben, aus dem Sie selbst mit rhetorischem Geschick nicht mehr herauskommen. Denn wie man es dreht und wendet: Sie wollen uns noch immer weismachen, dass Sie nicht in Rocky Beach bei Clarissa gewesen sind. Das allein ist aber schon dadurch widerlegt, dass Sie Ihren Hund dorthin mitnahmen. Clarissa hat Jack Cliffwater gegenüber behauptet, Bruno würde ihr gehören. Doch von dieser Unwahrheit hatte Ihnen Ihre Schwester nichts erzählt. Sie wiederum verschwiegen Ihr den zweiten Besuch von Mr Cliffwater, Madam.«

Mit versteinerter Miene lauschte Mrs Franklin Justus' Erklärungen und erwiderte kein einziges Wort.

»Uns stellt sich deshalb die Frage, weshalb Sie und Clarissa Cliffwater nichts voneinander erzählt haben.«

»Das hat euch einen Dreck zu interessieren!«, pfefferte sie Justus gereizt entgegen. Ihre Pupillen hatten sich auffallend verkleinert. »Selbst wenn ich Clarissa besucht haben sollte, stellt das keine Straftat dar. Was wollt ihr von mir?«

Peter erhob sich von der Couch und strafte Mrs Franklin mit eisigen Blicken. »Wer konnte vom vorzeitigen Tod Ihrer Schwester profitieren? Sie ganz sicher nicht, denn wie uns Ihr Nachbar berichtet hat, sind Sie durchaus vermögend. Jack Cliffwater hatte ein noch geringeres Interesse an ihrem Ableben, da er offenkundig darauf hoffte, die vergangene Liebesbeziehung mit ihr wieder aufleben zu lassen.«

»Was Clarissa vermutlich nicht in den Kram passte«, übernahm Justus wieder, »weil sie nach Ihrem unerwarteten Auftauchen, Madam, einen Plan gefasst hatte, bei dem Mr Cliffwaters überraschendes Erscheinen ihr nun voll und ganz im Wege stand. Und deshalb inszenierte sie für uns drei eine Falle, in die wir auch geradewegs hineintappten. Wie bereits gesagt, besprach Clarissa drei Tonbänder, auf denen sie Bob suggerierte, dass der frisch aus der Haft entlassene Jack Cliffwater ihr nach dem Leben trachten würde, weil sie seine Liebeserklärung nicht erwiderte. Sie streute ein paar vermeintliche Beweise und Verleumdungen, die den liebeskranken Mann mit unserer Hilfe zumindest für einige Zeit in die Untersuchungshaft befördern sollten, wo er ihren kriminellen Machenschaften nicht auf die Schliche kommen konnte.«

Mrs Franklin griff nach dem Feuerzeug und steckte sich erneut eine Zigarette an. »Ich warte noch immer auf den großen Showdown. Dauert euer Vortrag noch lange?«

»Mitnichten«, ließ Justus sich nicht aus der Reserve locken. »Denn nun kommen *Sie* ins Spiel, Madam. Clarissa hat beim Besprechen der Tonbänder nicht bedacht, dass das Vorbeifahren einiger Einsatzfahrzeuge der Feuerwehr unwiderruflich beweist, welch teuflische Absichten sie verfolgte. Ich kam bereits vorhin schon darauf zu sprechen. Da Clarissas Tod laut Obduktion zu diesem Zeitpunkt bereits erfolgt war, kann es sich bei der Toten nicht um Clarissa handeln. Und jetzt kommen Sie als Zwillingsschwester ins Spiel!«

»Soll das ein Witz sein?« Mrs Franklin musste unweigerlich lachen. »Was sollte ich damit zu tun haben?«

»Fest steht: Sie waren vor vierzehn Tagen in Rocky Beach bei Ihrer Schwester. Mr Cliffwater hat in Clarissas Bungalow Bruno gesehen und den Reisekoffer mit dem Adressanhänger entdeckt. Nur aufgrund dessen konnten wir ja Ihren Wohnort ausfindig machen. Mir ist nämlich erst im Nachhinein in den Sinn gekommen, dass man in der Regel auf solch einem Anhänger nicht den Zielort einer Reise angibt, sondern die Adresse des eigenen Wohnorts. Zu klären wäre daher: Warum haben Sie die Reise zu Ihrer Schwester angetreten?« Mit einem Mal wich sämtliche Farbe aus Mrs Franklins Gesicht.

»Also schön«, sah sie sich anscheinend in die Enge getrieben. Energisch drückte sie die Zigarette im Aschenbecher aus. »Nach all den Jahrzehnten, in denen wir keinen Kontakt mehr miteinander hatten, überkam mich in den letzten Monaten immer mehr das Bedürfnis, endlich reinen Tisch mit der Vergangenheit zu machen. Daher traf ich die Entscheidung, Clarissa aufzusuchen, um mich endlich mit ihr auszusprechen. Mit ihren Intrigen, Lügen und Eifersüchteleien hatte sie meine gesamte Kindheit in eine wahre Hölle verwandelt. Von diesen negativen Gefühlen wollte ich mich ein für alle Mal befreien.« Nervös biss sie sich auf die Unterlippe. »Trotz unserer Versöhnung habe ich Clarissa während meines Besuches davon in Kenntnis gesetzt, dass ich sie in meinem Testament enterbt habe und mein gesamtes Vermögen nach meinem Tod dem Tierschutzverein zugutekommt.«

»Ach?«, stutzte Peter. »Und wie hat sie darauf reagiert?«

»Überraschend gelassen. Ehrlich gesagt, hatte ich eine heftigere Reaktion von ihr erwartet. Doch als sie mir kurz darauf von ihrer Krankheit erzählte, verstand ich.« Sie räusperte sich und sah betroffen zu Boden. »Clarissa hatte sich mit ihrem Ende abgefunden, wollte auch ihre Medikamente nicht mehr einnehmen und sich von niemandem mehr helfen lassen. Deshalb bin ich nach meinem viertägigen Besuch auch wieder hierher zurückgekehrt. Zum Glück hat meine innere Stimme mich noch vor ihrem Tod zu ihr geführt. So konnten wir so manche Streitereien ad acta legen. Für mich war die Sache somit erledigt. Es war für uns beide das Beste.«

»Ich glaube Ihnen kein einziges Wort. Warum haben Sie Ihren Besuch bei Clarissa nicht direkt zugegeben?«, stichelte Peter aufgebracht.

»Weil ich euch nicht kenne und ich euch keine Rechenschaft schuldig bin. Reicht das als Erklärung?«

Mit einer wohlwollenden Handbewegung versuchte der Erste Detektiv, die aufgeheizte Stimmung einen Gang herunterzufahren. »In einigen Teilen scheinen mir Ihre Schilderungen der Wahrheit zu entsprechen, Madam.«

»*In einigen Teilen*?« Misstrauisch hob Mrs Franklin die Augenbrauen. »Was soll das heißen, Justus Jonas?«

Falsche Fährte

Mit einem Mal entstand eine tödliche Stille im Raum. Nur Brunos stetiges Hecheln war zu vernehmen.

»Was willst du damit sagen?«, giftete Mrs Franklin Justus schließlich an.

Dem Ersten Detektiv stellten sich vor Aufregung die Nackenhaare auf. »Auf diesen Moment haben wir alle gewartet, Mrs Franklin. Und somit erschließt sich mir endlich, wie die einzelnen Fragmente dieses Falles zusammenhängen.«

»Auf welchen Moment habt ihr gewartet? Heraus damit!« Ihre Augenlider begannen, unkontrolliert zu flattern.

»Sie sprachen mich eben mit Justus Jonas an«, ließ er sich nicht lange bitten. »Obwohl Sie vorhin vorgaben, uns nicht zu kennen und nie zuvor gesehen zu haben.«

»Irrtum, junger Mann«, versuchte Mrs Franklin, die Fassung zu bewahren. »Du hast mir dich und deine beiden Freunde vorhin namentlich vorgestellt, etwa schon vergessen?«

»Meine beiden Freunde schon, aber *mich* ganz sicher *nicht.*

Denn bevor ich Ihnen meinen Namen nennen konnte, fiel Peter mir, wie vorher verabredet, ins Wort und bat Sie darum, uns ins Haus zu lassen. Das können wir drei gegenseitig bezeugen.«

»Und wenn schon«, entgegnete Mrs Franklin gereizt. »Was tut das zur Sache?«

»Da Sie über unsere Identität offenbar im Bilde sind und wir aus Ihrer Nachbarschaft erfahren haben, dass es Ihre Schwester Cassandra war, die an Krebs erkrankt war und sie bis vor zwei Wochen hier auf diesem Anwesen gelebt hat, lässt das Ganze nur einen Schluss zu.«

Die drei Detektive fixierten Mrs Franklin mit ernstem Blick.

»Sie, Clarissa Franklin, erhielten vor etwa zwei Wochen in Rocky Beach unerwarteten Besuch von Ihrer Schwester Cassandra, die wohl vorhatte, vor ihrem Ableben noch einmal reinen Tisch zu machen«, fuhr Justus unbeirrt fort. »Von ihrem Krebsleiden schwer gezeichnet, unterbreitete sie Ihnen, dass sie mit ihrem Nachlass wohltätige Projekte begünstigen wollte. Und da Ihre Zwillingsschwester Ihnen zum Verwechseln ähnlich sah, ersannen Sie daraufhin in aller Eile den niederträchtigen Plan, nach dem Eintritt ihres Todes Cassandras Identität anzunehmen, um somit an ihr Vermögen zu gelangen«, erklärte der Erste Detektiv. »Doch dann erschien, ebenfalls unerwartet, Jack Cliffwater auf der Bildfläche. Er wollte den Kontakt zu Ihnen wiederaufleben lassen, was Ihnen jedoch zu diesem Zeitpunkt ganz und gar nicht in den Kram passte, da er um keinen Preis Ihre finsteren Pläne durchkreuzen durfte.

Dennoch konnten Sie ihn gezielt für Ihre Zwecke einbinden. Während Cassandra nebenan in Ihrem Schlafzimmer vor sich hin döste, gelang es Ihnen, ihm erfolgreich weiszumachen, dass *Sie* unheilbar an Krebs erkrankt seien. Jack Cliffwater nahm dies geschockt zur Kenntnis, dennoch ließ er nicht von Ihnen ab und wollte Ihr Herz weiterhin zurückerobern. Das aber gefährdete Ihre Pläne und deshalb mussten Sie ihn unbedingt wieder loswerden. Mehr noch: Sie wollten ihn mit einer List unbedingt erneut ins Gefängnis wandern lassen, denn von dort aus konnte er Ihnen vorerst nicht mehr gefährlich werden. Sie wussten, dass Cassandras Tage gezählt waren, und überredeten sie deshalb dazu, sich solange in Ihrem Bungalow einzuquartieren, bis der Tod sie erlösen würde. Nur wie konnten Sie dafür sorgen, Jack Cliffwater wieder zurück ins Gefängnis zu befördern?«, stellte Justus die Frage in den Raum. »Da kamen Ihnen die drei Detektive, allen voran Bob Andrews, in den Sinn. Zu diesem Zweck besprachen Sie die drei Tonbänder, faselten darauf eine Menge trivialer Lebensweisheiten und lenkten die falsche Spur auf Jack Cliffwater, der angeblich Ihren vorzeitigen Tod herbeiführen wollte, um zu verhindern, dass Sie über Dinge auspacken würden, die Ihren Ex-Partner juristisch schwer belasten könnten. Doch um sicherzugehen, dass Bob der Sache auch wirklich nachgehen würde, köderten Sie ihn auf den Bändern damit, dass es zwischen ihm, Mr Cliffwater und Ihnen eine ominöse Verbindung gäbe, der Bob dringend nachgehen sollte.«

Kerzengerade saß Bob noch immer wie versteinert zwischen

Justus und Peter auf der Couch und war zu keiner Regung fähig.

»Doch dann, noch bevor Sie das zweite Band besprechen konnten, erlag Cassandra bereits ihrem Krebsleiden, was Sie, Madam, in argen Zugzwang brachte«, war sich Justus sicher. »Größte Eile war vonnöten, da später alles in einem scheinbar logischen und nachvollziehbaren Zusammenhang stehen musste. Die ersten Schritte hatten Sie schon erfolgreich erledigt: Jack Cliffwaters Brief, den man mit viel Fantasie so auslegen könnte, als würde er Ihnen darin mit dem Tode drohen, sowie das Medikamentendöschen in seiner Jacke.«

»Das wissen wir ja schon, Erster«, schaltete sich Peter ungeduldig dazwischen. »Aber in welcher Hinsicht sollte die Dose Cliffwater belasten?«

»Cassandra hatte das besagte Tablettendöschen in ihrem Gepäck, als sie bei Clarissa aufschlug. Jack Cliffwater nahm es bei seinem ersten Besuch in die Hand. Daraufhin ersann Clarissa ihren Plan, denn Cliffwater hatte ja unabsichtlich seine Fingerabdrücke hinterlassen. Mrs Franklin tauschte den Inhalt gegen ein wirkungsloses Placebo aus. Bei einer eventuellen Obduktion von Cassandras Leichnam, bei der dann vermutlich keine Rückstände des echten Medikaments vorzufinden wären, sollte es dann so aussehen, als ob ihr Tod durch das Austauschen der Medikamente vorzeitig von Jack Cliffwater herbeigeführt worden wäre.«

»Wie abartig ist das denn?«

Justus überging Peters Kommentar. »Als nächsten Schritt

besprach Clarissa in aller Eile die zwei weiteren Tonbänder, ließ sie umgehend dem Notar Bumblebee zukommen und bestellte danach Jack Cliffwater in ihr Apartment.«

»Wo er dann auch geradewegs in die Falle tappte und Cassandras Leiche vorfand, die er aufgrund der frappierenden Ähnlichkeit der Zwillingsschwestern für Clarissa hielt«, nahm Peter den Faden wieder auf. »Cliffwater verständigte geschockt die Polizei und brach am Tag ihrer vermeintlichen Beerdigung in unsere Zentrale ein. Er stahl die drei Tonbänder, auf denen sich angeblich Hinweise befanden, die ihn in arge Schwierigkeiten bringen könnten, und lenkte somit für uns – und wie von Clarissa geplant – ungewollt den Verdacht auf sich.«

Justus nickte. »Doch all diese falschen, von Ihnen ausgelegten Fährten, Madam, haben nicht zum erwünschten Erfolg geführt. Aufgrund Ihrer Unachtsamkeit sind die drei Detektive Ihnen auf die Schliche gekommen. Der Feuerwehreinsatz zur falschen Zeit, die Adresse auf dem Kofferanhänger Ihrer Schwester und das plötzliche Verschwinden von Cassandras Rottweiler haben Ihnen das Genick gebrochen. Letztendlich hat uns aber eine Aufnahme in Ihrem Fotoalbum, das Sie in Ihrem Bungalow zurückließen, den entscheidenden Hinweis geliefert: die Existenz Ihrer Zwillingsschwester, die nun an Ihrer Stelle und mit Ihrem Namen, *Clarissa* Franklin, in Rocky Beach begraben wurde, damit Sie fortan als *Cassandra* das hinterlassene und nicht unerhebliche Vermögen verprassen können.« Justus atmete tief durch. »Und damit hat sich die Schlinge um Ihren Hals, Madam, unwiderruflich festgezogen. Sie sind geliefert. Alles Weitere wird das Gericht entscheiden.«

Zur Verwunderung der drei Detektive reagierte Mrs Franklin auf Justus' Analyse mit einem verbitterten, nahezu resignierten Gesichtsausdruck. Kurz schien es, als wollte sie zu einer Verteidigung oder Rechtfertigung ansetzen, doch sie brachte kein einziges Wort hervor und kämpfte offensichtlich mit den Tränen.

»Nun kommen Sie uns bloß nicht mit der sentimentalen Masche«, entgegnete Peter ungerührt. »Das kauft Ihnen sowieso niemand ab.«

»Darum geht es nicht.« Die ehemalige Psychologin fuhr sich verstört durch die Haare. »Ihr habt in vielen Punkten recht … und anhand der schweren Beweislast bekenne ich mich schuldig. Allerdings hätte ich nicht gedacht, dass ihr so weit gehen würdet, eurem Freund Bob den aus meiner Verhaftung resultierenden Schicksalsschlag tatsächlich zuzumuten.«

Bob zuckte zusammen. »Wie meinen Sie das?«

»Ich … verstehe nicht ganz«, entgegnete sie irritiert und warf ihm einen fragenden Blick zu. »Hast du deinen Freunden denn nichts von meinem Bekenntnis auf dem dritten Tonband erzählt?«

»Das dritte Tonband?« Bobs Stimme war nur ein leises Flüstern. »Das ist uns gestohlen worden, bevor wir es hören konnten, und ist bislang auch noch nicht wiederaufgetaucht.«

»Was haben Sie ihm denn so Wichtiges darauf mitgeteilt?«, hakte Peter mit sarkastischem Unterton nach.

Mrs Franklin Gesichtsfarbe wurde aschfahl. »Jetzt begreife ich … Ihr seid noch gar nicht im Bilde. Ich bin davon ausgegangen, dass zumindest Bob … Ich meine …«

»Sie meinen … *was*?«, platzte Bob nun schließlich der Kragen. »Nun reden Sie doch endlich mal Klartext!«

»Mir ist vollkommen bewusst, dass ich dieses Mal mit meinem Handeln weit über das Ziel und die Grenzen der Ethik hinausgeschossen bin«, bekannte sie offen. »Aber, Bob, willst du wirklich zulassen, dass ich, als deine leibliche Mutter, zu einer langjährigen Gefängnisstrafe verurteilt werde?«

»Das … ist nicht Ihr Ernst …«, stockte Bob der Atem, während ihm der kalte Schweiß auf die Stirn trat.

Peter traute seinen Ohren nicht. »Wie kommen Sie denn zu *dieser* abstrusen Behauptung?«

»Jack und ich haben Bob vor siebzehn Jahren gleich nach seiner Geburt zur Adoption freigegeben.« Mrs Franklin schluckte. »Euch jetzt die Antworten auf die Fragen warum und weshalb zu geben, würde den zeitlichen Rahmen sprengen, aber ich kann euch versichern, dass wir damals zu dieser Entscheidung gezwungen waren, um eurem Freund ein Leben in Würde und Sicherheit zu ermöglichen. Und wenn es vor einiger Zeit nicht zu unserer schicksalhaften Begegnung in meiner Praxis gekommen wäre, Bob, in der du mich wegen Liebeskummer aufgesucht hast, hätten sich unsere Wege vermutlich nie gekreuzt, und uns beiden wäre eine Menge Kummer erspart geblieben.«

Der Erste Detektiv knetete nachdenklich seine Unterlippe.

»Ich frage mich, wie Sie erkannt haben wollen, dass es sich bei Bob um Ihren vermeintlichen Sohn handelte, wo Sie ihn nach der Adoption bis zu dem besagten Wiedersehen nie wieder zu Gesicht bekommen haben.«

»Das habe ich so nicht behauptet«, widersprach sie vehement. »Durch meine berufliche Position als Fachärztin verfügte ich über ausreichende Beziehungen, die mich über Bobs weiteres Leben auf dem Laufenden hielten. Ich hatte mir geschworen, mich ihm gegenüber niemals zu erkennen zu geben. Doch als er dann hypnotisiert auf der Couch vor mir lag, habe ich aus mir unerfindlichen Gründen meinen Vorsatz gebrochen und ihn in seinem Unterbewusstsein mit der Wahrheit konfrontiert.«

»Und auf dem dritten Tonband wollten Sie Bob erneut diese dreiste Behauptung um die Ohren hauen!«, verlor Peter die Beherrschung. »Und das nur, um Ihrem kriminellen Plan mehr Glaubwürdigkeit zu verleihen. Bobs Seelenheil war Ihnen dabei völlig egal!«

Mrs Franklin schüttelte entschieden den Kopf. »Da bist du völlig auf dem Holzweg, junger Mann.«

»Deshalb also …« Mit zitternder Hand wischte sich Bob die Schweißperlen von der Stirn. »Seit meiner Hypnose habe ich nie begreifen können, weshalb mich unsere nachfolgenden Begegnungen so in Unruhe versetzt haben; ganz gleich, ob Ihre jetzigen Worte der Wahrheit entsprechen oder nicht.«

»Eine ausschlaggebende Tatsache spricht allerdings eindeutig dafür, dass Ihre angebliche Beichte eine unverfrorene und pietätlose Lüge ist, Madam«, urteilte Justus scharf, »und nur den Zweck erfüllen soll, unseren Entschluss, jetzt umgehend die Polizei zu informieren, emotional ins Wanken zu bringen. Doch mit diesem billigen Vorhaben beißen Sie bei den drei ??? auf Granit.«

Peters Zorn hatte seinen Höhepunkt noch nicht erreicht. »Das sehe ich genauso! Sie erhofften sich mit diesem simplen Psychospiel doch nur einen zeitlichen Vorsprung, um schleunigst das Weite suchen zu können und irgendwo mit einer neuen Identität und dem Vermögen Ihrer verstorbenen Schwester ein sorgenfreies Leben zu führen.«

Bob war völlig aus der Bahn geworfen. »Von welcher ausschlaggebenden Tatsache hast du da eben gesprochen, Erster?«

»Eine *wahre* Mutter wäre niemals in der Lage, an ihrem eigenen Sohn solchen Terror auszuüben, wie du ihn all die Zeit durch Mrs Franklins gnadenlose Manipulationen erleiden musstest«, erklärte Justus analytisch. »Und außerdem besteht zwischen dir, Cliffwater und Mrs Franklin optisch sowie vom Wesen her nicht die geringste Ähnlichkeit.«

»Genau dies würde ein Gentest garantiert bestätigen«, war sich auch Peter sicher. »Doch damit brauchen wir uns nicht zu beschäftigen. Das fällt doch eher in Ihr Resort, nicht wahr, Inspektor?«

Augenblicklich fuhr Mrs Franklin erschrocken zusammen. »*Inspektor*? Was hat das zu bedeuten?«

Zögernd ließ Bob die Hand in seine Jackentasche gleiten, zog sein Handy daraus hervor und drückte auf die Lautsprechertaste. »Haben Sie unser Gespräch gut mitverfolgen können, Inspektor Cotta?«

»Jedes einzelne Wort. Laut und deutlich«, drang die Stimme des Polizeichefs aus dem Mobiltelefon. »Und wenn auf die Kollegen in Arvin Verlass ist, müssten sie in Kürze bei euch eintreffen. Ich habe sie vor wenigen Minuten benachrichtigt.«

Mrs Franklin stand da wie versteinert und war zu keiner Regung fähig. Aus der Ferne waren bereits Polizeisirenen zu hören.

»Ich werde den Beamten öffnen«, sagte Justus triumphierend. »Passt ihr solange auf unsere Erzfeindin auf, damit sie nicht auf dumme Gedanken kommt!«

»Solange wir Bruno an unserer Seite haben, besteht für sie nicht die geringste Fluchtmöglichkeit.« Peter tätschelte dem Rottweiler liebevoll das Fell. »Da dein böses Frauchen wohl jetzt ins Gefängnis wandert, wirst du hoffentlich schon bald ein neues Zuhause bekommen, wo es dir bestimmt besser ergehen wird als hier.«

Bruno bellte freudig auf, als hätte er jedes Wort verstanden.

In dem Moment, als vom Flur das Klappen der Haustür zu hören war, fasste Mrs Franklin einen Entschluss. Sie fuhr abrupt herum und eilte auf eine Tür zu, die anscheinend zu einem Nebenzimmer führte.

»Hiergeblieben, Madam!« Impulsiv schoss Peter von der Couch in die Höhe und rief im scharfen Ton: »Fass, Bruno!«

Der Rottweiler reagierte sofort. Er schoss an der Frau vorbei und versperrte ihr mit einem drohenden Knurren den Fluchtweg. Zeitgleich kehrte Justus mit zwei Polizeibeamten in den Raum zurück, während Mrs Franklin von Bruno in Schach gehalten wurde. Sie leistete bei ihrer Verhaftung keinen weiteren Widerstand. Als sie jedoch von den Beamten hinausgeführt wurde, hielt sie abrupt inne und wandte sich noch einmal um.

»Ach, Bob? Eins noch …«

»Vergessen Sie's«, kam er ihr zuvor und blickte sie resigniert an. »Dieses Mal keine Binsenweisheiten am Ende. Ich bin eh schon bedient genug.«

»Ich verstehe.« Schicksalsergeben presste sie die Lippen zusammen und ließ sich widerstandslos von den Ordnungshütern abführen.

Als die drei Detektive am frühen Abend wieder in Rocky Beach eintrafen, fuhren sie auf direktem Weg ins Police Department. Dort wollten sie durch Inspektor Cotta in Erfahrung bringen, ob es in puncto Clarissa Franklin schon neue Informationen gab. Denn während der zweistündigen Rückfahrt war Justus eine Sache in den Sinn gekommen, die er sich noch immer nicht erklären konnte.

Nachdem sie mit Cotta gesprochen hatten, fuhren die Jungen gemeinsam mit ihm zum *Ambassador Motel*, um Jack Cliffwater persönlich mitzuteilen, dass er von nun an nichts mehr von Mrs Franklin zu befürchten hatte und, von jedem Verdacht befreit, sorglos in die Zukunft schauen konnte. Den Einbruch in die Zentrale wollten die drei Detektive nicht ahnden.

Der Inspektor hatte sein Fahrzeug gerade durch die Moteleinfahrt in den Hof gesteuert, als Peter irritiert durch das Seitenfenster nach draußen deutete.

»Habt ihr das gesehen? Cliffwater ist gerade aus seinem Zimmer getreten. Aber dann ist er wieder rein … und da ist er wieder! Er scheint uns gesehen zu haben.«

Bob verrenkte den Hals, um besser sehen zu können. »Jetzt fängt er an zu rennen … eilt die Treppe runter … und läuft auf die Rezeption zu.« Verwundert rieb Bob sich die Augen. »Was trägt er denn da unter dem Arm?«

»Das sind zwei Tonbandkartons!«, stutzte Peter. »Dann hat er den Diebstahl aus dem Kofferraum seines Wagens also *doch* nur vorgetäuscht!«

»Aber was hat er damit vor?« Aufgeregt löste Justus seinen Sicherheitsgurt und stieß die Beifahrertür auf. »Hinterher, Kollegen!«

Die drei Detektive und Cotta sprangen aus dem Polizeiwagen und sprinteten auf das Rezeptionsbüro zu, das Jack Cliffwater bereits erreicht hatte.

Peter hechtete in den Raum und konnte gerade noch registrieren, wie Cliffwater die Tonbandspulen aus den Pappschachteln entnahm und sie mit einem gekonnten Wurf auf die brennenden Holzscheite im Kamin beförderte.

»Nein, nicht!«, schrie Justus entsetzt, als er hinzukam. »Ihre Unschuld ist doch bewiesen!«

Jack Cliffwater konnte seinen Blick nicht von den lodernden Flammen abwenden und beobachtete mit verstörender Genugtuung, wie die Tonbänder dem Feuer zu Opfer fielen. Bob verharrte fassungslos vor dem Kamin, während sich der ehemalige Häftling, wie von einer Höllenqual befreit, die Hände rieb.

Erst nachdem das vermeintliche Beweismaterial zu einer unförmigen Masse zusammengeschmolzen war, wandte sich der dritte Detektiv um und starrte Cliffwater entgeistert an.

»Warum haben Sie das getan? Die Tonbänder gehörten ausschließlich *mir*!«

Cliffwater zögerte und wand sich wie ein Aal, bevor er schließlich zu einer Erklärung ansetzte. »Ich ... habe mir die Bänder nicht angehört. Ehrlich ... das müsst ihr mir glauben!«

»Ach?«, entgegnete Peter zynisch. »Und weshalb haben Sie uns die Bänder dann überhaupt gestohlen und anschließend behauptet, ebenfalls bestohlen worden zu sein?«

»Anfangs war ich natürlich total erpicht darauf, zu wissen, was Clarissa eventuell gegen mich in der Hand haben könnte. Doch je länger ich darüber nachdachte, hielt ich es plötzlich für sinnlos, mich weiterhin mit dem vergangenen Mist zu befassen. Aber als ich euch vorhin im Polizeiwagen ankommen sah, bin ich in Panik geraten. Ich dachte, dass ich nun doch verhaftet würde, und habe deshalb kurzen Prozess mit den Tonbändern gemacht.«

Justus trat einen Schritt auf Cliffwater zu. »Das alles kann ich gut nachvollziehen, Mister. Dennoch sollten wir uns nun alle nach draußen setzen. Es gibt interessante Neuigkeiten, die auch Sie interessieren werden.«

Cliffwater hielt kurz inne. Dann folgte er den drei Detektiven und Inspektor Cotta in den Innenhof, wo sie sich auf einer Bank niederließen. Schweigend blickte der ehemalige Häftling in die untergehende Sonne und ließ sich nun in allen Einzelheiten von Clarissa Franklins skrupellosem Vorgehen berichten.

Nachdem die vier alle Fakten dargelegt hatten, bildete sich auf Cliffwaters Stirn eine tiefe Falte.

»Ich kann es noch immer nicht glauben … Bob, ich kann dir versichern, dass Clarissa und ich nicht deine Eltern sind.« Cliffwater schüttelte fassungslos den Kopf. »Aber eine Sache habe ich noch nicht verstanden«, fuhr er fort. »Bei meinem ersten und dritten Besuch habe ich also tatsächlich mit Clarissa gesprochen. Doch beim zweiten Mal war es ihre Zwillingsschwester, die sich mir gegenüber als Clarissa ausgab, richtig?«

Inspektor Cotta nickte. »Das hat Clarissa Franklin den Beamten in Arvin inzwischen bestätigt.«

»Und eben das irritiert mich im Nachhinein«, entgegnete Cliffwater nachdenklich. »Denn Cassandra, alias Clarissa, schien ja über einige Details, die ich zuvor mit Clarissa in ihrem Bungalow unter vier Augen besprochen hatte, zumindest im Groben unterrichtet zu sein. Sie wusste, dass Clarissa sich mir gegenüber als krebskrank ausgegeben hatte und dass ich ihre Liebe noch immer zurückgewinnen wollte.«

»Messerscharf geschlussfolgert«, bestätigte Justus anerkennend. »Genau diese Frage hat auch mich beschäftigt. Ich habe mich deshalb telefonisch mit Inspektor Cotta in Verbindung gesetzt und ihn darum gebeten, er möge diesbezüglich unbedingt bei den Kollegen in Arvin nachhaken: Woher hatte Cassandra die erforderlichen Informationen, die es ihr ermöglichten, bei Ihnen, Jack Cliffwater, glaubhaft den Eindruck entstehen zu lassen, dass sie Clarissa sei?«

»Und? Haben Sie darauf schon eine Antwort erhalten, Inspektor?«

»Ja.« Cotta lächelte vielsagend. »Als Sie, Mr Cliffwater, Clarissa Franklin das erste Mal aufsuchten, lag Cassandra bereits stark geschwächt im Bett. Ihr Rottweiler wich ihr nicht von der Seite. Sie muss jedoch hinter der geschlossenen Schlafzimmertür gehört haben, was Clarissa Ihnen für ein Lügenkonstrukt auftischte. Leider verschlechterte sich Cassandras Gesundheitszustand danach schlagartig so sehr, dass sie nicht mehr transportfähig war und bei ihrer Schwester bleiben musste. Als Sie, Mr Cliffwater, zum zweiten Mal vor Mrs Franklins Tür standen, war Clarissa nicht im Haus. Halb im Delirium und vom irrationalen Wunsch nach Heilung gelenkt, öffnete Cassandra Ihnen die Tür. Danach ging es schnell bergab mit ihr und Clarissas gemeinem Plan stand nichts mehr im Wege.«

»Mir fehlen noch immer die Worte«, schüttelte sich Bob. »Demnach hat sich Clarissa Franklin, gleich nachdem sie den Tod ihrer Schwester festgestellt hat, vor das Tonband gesetzt und all die unverfrorenen Lügen ins Mikrofon gesprochen.«

Justus lächelte seinem Freund aufmunternd zu. »Es beruhigt mich, dass du diesen Aufnahmen nicht mehr den geringsten Glauben schenkst. Und damit ist dieser Fall erfolgreich abgeschlossen, Kollegen.«